江戸っ子出世侍

将軍御側衆

早瀬詠一郎

コスミック・時代文庫

この作品はコスミック文庫のために書下ろされました。

目次

〈一〉命知らずの男たち

一

相州《そうしゅう》浦賀でも江戸の町なか同様、暮六ツは寺が撞《つ》く鐘で知らされる。

それが働き者の少ない役所となれば、四《し》半刻《はんとき》も前に帰り仕度をはじめる合図となった。

浦賀奉行所の表門は早々と閉められ、門番は煙草盆《たばこぼん》を片手に奥へ引っ込んでゆく。同じころ古参の同心は風呂敷に作りかけの訴状目録などを包み、決まった台詞《せりふ》を吐いた。

「忙しすぎて、堪《たま》らぬよ。わが家へ持ち帰って、つづきをせねば……」

ひとりとして確かめる者などいないが、風呂敷の結び目は一寸たりとも解《ほど》いた形跡のないまま、翌朝ふたたび持ち込まれる。

なんであれ暮六ツの梵鐘《ぼんしょう》は自宅で耳にするのが、奉行所役人の日課となっていた。

が、奉行の峰近香四郎《みねちかこうしろう》は咎《とが》めはしない。前任からの慣習だったからではなく、働かない役人はどうやっても無用の長物だからだ。

世襲の泣きどころは、ここにある。

門前の小僧が習わぬ経を読めるような、親代々の引き継ぎがあればよいのだが、どうしてか多くの跡継ぎはよろしくないことばかりを譲り受けるものだった。

そうした中、与力の土田吉蔵《つちだきちぞう》の伜《せがれ》で与力見習の文蔵《ぶんぞう》は、鳶《とんび》が鷹《たか》を生んだと言われていた。父子でこうもちがうかと思えるほど、顔かたち仕種にいたるまで異なって見えた。

ひと言で表わすと、すべからくスッキリしているのだ。

「女親似だな」

「いや。土田どのの奥方は、気立てのわるい黒恵比寿《くろえびす》のようなお人ぞ」

「黒恵比寿、とは」

「ニッコリ笑う顔は縁起がよい。だが、腹の黒さがな……」

奉行所内での、陰口である。

「と言うことは文蔵どのは、捨て児」

「さてな。なるほど一人きりの伜ではあるが、言い方を換えて里子なり養子と申すがよかろう」

「下手に同格の家柄から迎えるくらいなら、稲荷神社の赤鳥居に置かれていた子どものほうが、できは良い」

口さがない連中は、笑いあった。

香四郎は捨て児のことばを聞いて、峰近家にもおみねと名付けた養女がいるのを思い出した。

妻女おいまを迎え入れた直後、番町自邸の門脇《もんわき》で見つけられた赤子で、今は麹町《こうじまち》にある上質《うわじち》の加太屋《かぶとや》に預けられている。

顔も合わせぬまま早一年余、相州に赴任した奉行とはいえ、香四郎を薄情とされても仕方あるまい。

子守役として峰近の婆衆《ばばしゅう》の一人おつねを置いてきたが、ときおり顔を出し無事健《すこ》やかに育っていますと話すだけのことだった。

妻女おいまに、いまだ懐妊の兆《きざ》しはない。江戸に暮らしていたなら、子どもはまだかと周りの者は誰彼となく言ってくるだろう。

ところが、ここ浦賀での筆頭職となる奉行であれば、そうした無躾《ぶしつけ》な物言いはされずに済んでいる。

代わりに聞こえてくる陰口は、勝手なものだった。

「公家より降嫁された奥方は、石女《うまずめ》であろう。官位ほしさの嫁取りなれば、腰の張った丈夫な女は望めまい」

「されど、一度だけ顔を見たところ、かなりの美形であった。となれば夜毎励みつづけるはずだろうが、できないということは奉行に胤《たね》がないとなる」

「でなければ、奉行に衆道《しゆどう》の気があるか」

「聞いた話だが、一年ほど前は猿若《さるわか》の芝居町に出入りする探索方をなされていたそうな」

「なるほど。石女と男色か……」

含み笑いをしあう。そこへ三人目が加わり、話に尾鰭《おひれ》をつけた。

「大きな声では申せぬが、お奉行はかつて深川の芸者に生ませた子があり、他家それも商家に預けておるらしい」

「はぁ、隠し子だ。側室にできたのならまだしも、芸者なんぞの子とあっては、姫さまのお怒りは尋常ではなかろう」

「他言は、無用ぞ」

「分かっておる。ここだけの内緒話だ……」

　こうした噂は火を見るより早く伝わり、今では奉行所内で知らない者のほうが少なくなっていた。

　――捨て児も二歳。すでに歩いておるとか。できるものなら、浦賀の海を見せてやりたい……。

　いつわらざる香四郎の思いである。が、子のできない妻女を気づかうと、おみねと名付けられた子の話は禁句のような気がして、言い出せなかった。

　正月まであと三日という朝、香四郎の月代《さかやき》に剃刀《かみそり》をあてていたおいまが、手を止めてつぶやいた。

「小淀《こよど》の加太屋さんから新年の御節《おせち》にと、海老や鯛など結構すぎるものが、たくさん届けられたのですが……」

「浜を前にした浦賀の魚に比べると、見劣りがすると申すか」

「いいえ。ここでは手にできない上物ばかりで、おかねも婆衆たちも喜んでおりました。でも一つだけ、足りないものが」

「昆布ではないか。あれは松前の品物がよいのだが、西国に先買いされるからなあ」

「さような物、豪商にはわけなく取り寄せられます。足りないのは、子です」

「数の子か」

おいまは香四郎の頭に、髪を湿らす湯を降りかけた。

「――。なにを致す。首まで濡れたではないか」

「気がまわらないというのか、薄情と申すものか、子とは赤子のことでございますっ」

「おみねのことか」

「新年を迎える元日だけは、家中の者が打ち揃うのが習慣ではありませぬ。旦那さまが元旦登城をなさるのであれば、尚のこと跡継ぎ代わりが必要です」

「赤子を上座に据えると……」

「もしもの場合、おみねに婿を迎えて峰近家を守るしかありません」

「二歳の子に、婿《むこ》」

「名目だけの夫婦《めおと》であっても、幕府への届けはそうなります」

旗本家の部屋住《へやずみ》の四男坊でしかなかった香四郎は、考えたこともない想定話に目を白黒させてしまった。

女の赤子は幕府に届けていないものの、江戸南町奉行の遠山左衛門尉《さえもんのじょう》が「深川の芸者に生ませたことにしろ」と入れ知恵をしてくれた。

つまり、町奉行が証人になってくれるのだ。香四郎に万が一のことがあっても、峰近家の養女として認められるだろう。

大名家でも、若い当主が頓死する例は少なくない。どの家中も勝手な理屈をつけて、家を守るものだった。

御節料理より、そのほうが大事なのである。

「承知した。すぐに政次《まさじ》を走らせ、おつねともども赤子を迎えにやろう」

早速、御用船を使えと命じた。

月代を剃り終わるまで、香四郎はおいまが赤子おみねをどう思っているのだろうかと、目を閉じながら考えた。

旗本家を守るだけのことゆえ、いやいや同席させるつもりか。あるいは自分が石女だと考え、養女を迎えざるを得ないと覚悟しようとしてのことか。

女ごころの捉えどころのなさに、いまだ随《つ》いてゆけない自分が情けなかった。

とはいうものの、香四郎に限らず女ごころを分かる男など、古今東西どこにもいない。分かりやすい例を挙げるなら、長く連れ添った女房を熟知しているつもりの亭主ほど、勘忍袋の緒を切られてしまうのだ。

離縁に至らずとも、いい加減に扱われて子や孫が煙たがるよう仕向けられているのが古亭主である。

「男って、馬鹿なのよ」

これが無言の合言葉となっていることを、知っている男はいなかった。

小さな鏡台を前にして、香四郎は自分で髭《ひげ》をあたる。

冷飯食《ひやめしく》いの頃、懐《ふところ》に銭があれば町なかの床屋へ出向き、髭をやってもらうのが楽しみとなっていた。

深く剃れる上に、跡がスッキリとする。ところが刃物の切れ味も含め、おのが手でやると時に傷をつけてしまうのだ。

が、侍は隠居をしない限り、髭をたくわえることは許されない。

「髭の濃い者は辛かろう。午八ツ刻《ひるやつどき》には、もう黒々と生えておるのだから」

そう言った自分も、退出する夕方には月代が黒くなっていた。

香四郎は、若禿《わかはげ》を羨《うらや》ましく思った。ところが、髪の薄い者に限って髭が濃いと知り、世の中とは面白いものと可笑《おか》しがったことを蘇らせた。

奉行の用部屋に、通詞《つうじ》の堀達之助《たつのすけ》があらわれた。一緒に与力見習の土田文蔵もいたことが、なんとなく心強く思えてきた。

「ほう。出来のよい二人が揃って参上とは、浦賀に憂慮《ゆうりょ》すべきことでも生じてか」

「左様な気懸りを申し上げに参ったのではなく、願いごとをお聞きいただきたく、あらわれましてございます」

見習とはいえ、与力のほうが通詞より格上になる。隣に控える達之助を見ながら、文蔵は頭を下げた。

「小通詞の堀を正式な通詞へと、推挙してほしいと」

「それほどに、図々しくはございません」

達之助は顔の前で手を振り、すわり直した。

「となると、願いとは」

「今年の夏に蘭学の大家、宇田川榕菴《うだがわようあん》先生が亡くなられました」

「存じておる。医師であり、西洋の天文暦算に長じた人物であられた」

外国奉行の一つである浦賀に着任する際、香四郎は異国に関して詳しい権威の名を憶えさせせられた。

多くは蘭方医で、その中に脱獄している高野長英《ちょうえい》もいたが、とりわけ目を惹いたのが宇田川榕菴だった。

異国の草花ばかりか、酸や鉱物などを分析する舎密《せいみ》と呼ぶ現象を紹介し、火・水・木・金・土の「五行《ごぎょう》」は、より細かく分けられていることを実験した学者でもあった。

中でも、その昔平賀《ひらが》源内《げんない》が試したとされるエレキテルを、電池と名づけ蓄えてみせたという話を面白く聞いたものである。

「その榕菴先生のご養子を、浦賀へ迎えたくお願いに上がりました次第」

「学者を招じよと」

「ご養子の宇田川興斎《こうさい》どのは、英吉利《エゲレス》語の通詞です」

堀達之助はつねづね、これからは阿蘭陀《オランダ》語ではなく英語になると言って、独学をしていた。

「やはり、来てもらったほうがよかろう。亜米利加《アメリカ》もまた、英吉利語と聞く。幕府も、蘭語一辺倒を改めるときかもしれぬ」

香四郎は手蔓《てづる》があるなら、早々に迎えろとうなずいてやった。

英語が役に立つ以上に、香四郎は舎密という現象実験のほうに興味をおぼえた。

まちがいなく、養子は故人の用いた道具を手にあらわれるだろう。

エレキテルは、稲妻の小さなものと聞いていた。目にできない速さで、人がやれないことをするらしい。

——是非とも見たいもの……。

幕府の奉行でありながら、好奇心の勝ってしまう男だった。

二

峰近家の下僕でありながら、浦賀一となった「奉行賭場《とば》」の番頭でもある熊十《くまじゆう》が眉を寄せた顔を見せた。

「いかがしてか。年の瀬は博打《ばくち》ひでりで、稼ぎがわるくなったか」

「そうじゃねえのです。厄介な連中が乗り込んで参りまして、困っております」

熊十は昨日の晩、俠客《きようかく》を名乗る男ふたりがやって来たと、しかめっ面《つら》で話しはじめた。

「言うところの、破落戸《ごろつき》じゃありません。長脇差《ながどす》をこれ見よがしに置きまして、商売の話に来たと……」

「当家用人のおかねが胴元であると、伝えなかったのか」

「へい。申したんですが、女じゃ話にならねえって。知ってるんですよ、用人さまが女ってことまで」

「馬鹿な。おまえなんぞより、おかねのほうがしっかりしているではないか」

「そのとおりなんですが、お奉行と直々《じきじき》に話をしたいって、もうすぐやって来ます」

「なにゆえ、昨夜の内に申してこなかったのだ。熊十」

「申し上げようとしましたが、殿さまは勇躍お褥《しとね》に向かわれたと言われ、仕方なく今朝こうして」

「さ、左様なこと、婆衆の誰が申したのであろうな……」

相変らず惚《とぼ》けるのが下手な香四郎は、熊十の顔に見抜かれているのを見て、頭を掻いた。

廊下ごしに門番同心が、来客を伝えに来た。

「駿府《すんぷ》清水より、長五郎《ちょうごろう》と申す者が来ております」

はじめて聞く名に、香四郎はとりあえず客を通せと命じた。ただし、町人が訴訟に来る部屋でと付け加えた。

侠客とは昨今、街道沿いを根城《ねじろ》にヤクザまがいのことをする男伊達《おとこだて》を言ったが、大半は博徒《ばくと》の一団だった。

五年ばかり前の天保改革の折に、不逞《ふてい》の輩《やから》とされ一掃されそうになったが、公儀に楯つく漢《おとこ》となれば、土地の有力者に匿《かくま》ってもらえたのである。

が、生き延びたことで、増長してしまった。

香四郎は下段之間に足を運び、男を見込んだ。

痩せぎすながら肩幅のがっちりした男は、背すじを伸ばしたまま身動きひとつしていなかった。

「清水のと聞くが、漁師の小倅《こせがれ》であった者か」

「これはお奉行さま、お初にお目に掛かります。手前、生国《しょうごく》は駿河国《するがのくに》清水湊《みなと》、親父は三右衛門《さんえもん》と申す船持《ふなもち》、その三男にございます」

「部屋住《へやずみ》の漁師が愚連《ぐれ》た末、街道を股に侠客稼業か」

「いいえ。土地の米問屋へ養子に出され、それなりに精を出しておりました」

目を背《そむ》けることなく、腹の底から声を出しているのが、意外に思えた。

「根っからの悪党とは見えぬが、なにがあった」

「申し上げるだけ、野暮でございましょう。先年の大飢饉とその後の改革で、米問屋は打毀《うちこわ》しの憂《う》き目とだけ申しておきます」

凶作つづきの中で、米屋は軒並み暴徒による襲撃を受けた。正直一辺倒だった長五郎は、言うに言われぬ目に遭ったのだろう。

「さて、長五郎。商売の話でやって来たと見るが、用向きを申せ」

「へいっ。余計な世辞抜きで、肚《はら》を決めていただきます。浦賀の、相州一の奉行賭場を、買わせてくださいまし」

「――――」

朝っぱらからにしても、唐突すぎた。幕府旗本が仕切っていることは公儀に訴え出ませんゆえ、譲ってくれというものだった。

「いきなりの話で面食らっておられるかと存じますが、それなりの銭《かね》は払うつもりです」

長五郎は懐《ふところ》から袱紗《ふくさ》包みを出し、膝の前に置いた。

「小判なれば、百両と見たが」

「百両、このとおりございます」

二十五両の切餅が四つ、包みから顔を出した。

「譲ってほしいのは、十日余りと申すか」

「お揶揄《からか》いになっちゃ、困ります。百両にて一切合財、船蔵造りのまま居抜きで買い取ります」

「ふふふ。公儀にお畏《おそ》れながらと訴え出てもよいと、脅しを掛けての値踏みをしてか」

「とんでもねえ。こう申しちゃなんですが、女ばかりの賭場は危のうござんす。いずれ怪我人が出るでありましょう」

「清水のほうから、襲いに来るか」

「滅相《めっそう》もない。あっしは評判の賭場を、潰したくねえだけで」

「なるほど。素人《しろうと》にやらせるより玄人《くろうと》に任せるべきと、名乗り出たわけだ」

「左様でございます。こちらへは一つの迷惑も掛けません。どうか、百両にてお譲りを」

「万両」

「今、なんと仰《おお》せで……」

「一万両なれば、売ってやる」

「そんな」

目を剝《む》いた長五郎に、香四郎は一日で十両の上がりがもたらされるところだと話しはじめた。それも、出方《でかた》として酒を運ぶ小娘や、壺振りの女などへ払う給金を除いてである。

「十両で千日分の一万両。千と一日目からは、長五郎の儲けだ。旨い話であろう」

「――。でしたら、日に五両ずつ二千日の割賦《かっぷ》ということでいかがなものでございますか」

「二千日となれば、五年半にもなる。一年先も見えぬ今、左様な遠い先の行く末など分かるものか。この浦賀奉行とて、その時分には御役《おやく》交替となっておろう。この話、断わる」

「でございますなら、浦賀の奉行賭場は公《おおやけ》になります」

「清水の長五郎は、言いふらすか」

「いいえ。街道の博徒どもは、おいしい奉行賭場を知っております。それもあり、わたくしは買い取りたいと申し上げたのです」

「有名とあれば、致仕方《いたしかた》あるまいな。もとより幕府お歴々にも知られたところなれば、徳川将軍家お墨付の官許の賭場として打って出よう」

「左様なことなど――」

「できぬと申すか。長五郎に申しておくが、官許の廓《くるわ》での遊女商売は認められても、私窟《しくつ》となる岡場所での女郎稼業は取り潰しだ。どこであっても、おまえたちは干上がるぜ」

啖呵《たんか》を切った香四郎は、久しぶりにスカッとした。切られた長五郎のほうは、グゥの音も出なかった。

「どうにもこうにも、一本取られたましたようで、出直して参ります」

長五郎は百両の銭を包み直すと、立ち上がろうとした。

「尻尾をまいて帰るか、長五郎」

「へい。駿府の田舎博徒じゃ、江戸っ子のお旗本には勝てねえずら」

方言が出てしまえば、負けを意味する。

「待てよ、清水の俠客。今度は、こっちの頼みがあらぁな……」

香四郎が砕《くだ》けた物言いをすると、長五郎はすわり直して真っすぐに顔を向けてきた。

「頼みと申されますのは」

「知っておるものかどうか、わが賭場で壺を振っておった女が失《う》せてな……」

言いながら、香四郎は長五郎の目をじっと覗き込んだ。

変化ひとつないのを見て取り、女ふたりが冬の荒海に沈んだのを知っているなと確信した。

相州ばかりか、東海道に聞こえた美人壺振りだった。その女が急に失せたと聞かされたなら、知らない者はおどろくはずなのだ。

「よくは存じませんが、あっしに新しく女の壺振りを引きつれて参れと仰せですか」

「美人なんぞ江戸に、大勢おる。壺を振ることなど、十日も稽古すればできるもの。浦賀の奉行賭場は、色で客をあつめる素人の遊び処。なまじ巧みな手技なんぞで恐がらせては、お素人衆が遠のいてしまう」

あくまでも善良な寛《くつろ》ぎの場だと、香四郎は首をふった。

長五郎は目を細めて、若い奉行の真意を推し量《はか》っていた。

「単刀直入に申す。俠客を名乗る男なれば、家来というか子分はおろう」

「まぁ二十やそこいらが、慕ってくれてます」

「清水の湊まちから、この浦賀へ引き移ってはくれまいか。家の子郎党を引きつれて」

「…………」

眉間《みけん》に縦皺《たてじわ》を寄せた長五郎は、幕府役人それも奉行である旗本の申し出があまりに意外だったことに、ことばを呑んだ。

「どうだ、長五郎。わるいようにはせぬゆえ、この峰近の片腕となってはくれぬか」

「片腕と仰言《おっしゃ》いますが、うちの子分どもは荒くれ者ばかり。とても奉行所を出入りできる輩じゃござんせん」

むしろ迷惑が掛かりますと、首を横にした。

「命知らずとは言い切れまいが、俠客の度胸とやらを買いたい」

「はっきり申します。あっしを筆頭に、みな命知らずであります」

「決まった。その二十ばかりの命、おれに預けろ」

香四郎の断言に、長五郎は両の掌《てのひら》を向けながら目を剝いた。

「なんだか分からねえ。お奉行とは、たった今ことばを交したばかり。あいだに人を通して紹介されたのでも、前から知っていて久しぶりに会ったわけでもねえのです。関ヶ原の戦《いく》さ場で、足軽が足りないので加われっていう話じゃござんせんぜ」

「関ヶ原とは、言い得ておるな。今まさに、国難を前にした戦陣にあるのだ」

異国の黒船が頻繁に出没し、開港を迫る文書を携えて上陸を要求。幕府は撥《は》ねつけるものの、またすぐ次の黒船が砲門を向けてやってくる今だった。

「これを戦さの前兆と捉えずして、なんと申そう。にもかかわらず民百姓は、なにひとつ知らされておらぬと思わぬか、長五郎」

「確かに。あっしらだって、幕府が退散させたと信じてます」

「わたしが欲しいのは、役人では知り得ない話をつかみ取ってほしいのだ。大海原を前にした相州、豆州《ずしゅう》、駿河、遠州に至るまで、瑣末《さまつ》な出来事でもよい。拾いあつめる手下《てした》が要る」

「――。この長五郎、半ちくな野郎ではございますが、お役に立てるものなら体を張って奉公いたします」

これからすぐ清水に戻り、長五郎は一家揃って浦賀へ引越して参りますと出て行った。

熊十が、呆《あき》れ顔して香四郎のところへやってきた。

「いったいどうなることかと、気を揉んで見ておりました。というのも廊下に、長脇差を抜こうとする子分が聞き耳を立てていたんです」

「奉行所内で抜刀せんとしていたのなら、命知らずであることまちがいなかろう。

おれの目も、節穴ではないようだ」

「はぁ、節穴ではないと」

熊十はニヤリとして首を傾《かし》げたが、香四郎は構わずことばをつづけた。

「おまえも聞いていたとおり、清水の連中が仲間となる。政次へも、そう申しておけ」

当分は賭場の見廻り役として働き、年明けから探索方として諸国へ向かわせたいと言い加えた。

「ただで働きますか」

「賭場の上がりを、四半分ほどと考えておる。世の中を糺《ただ》すのは、銭《かね》でも身分でもなく、人であろう。銭にて賄《まかな》えるなら、安いものだ」

「…………」

珍しく正鵠《せいこく》を射《い》た香四郎のことばに、熊十はきっと奥方おいまか用人から教えられたのだろうと一人うなずいて出ていった。

弘化三年もあと一日を残すのみとなった大晦日《おおみそか》、浦賀の御用船が江戸から戻ってきた。

船が碇《いかり》を下ろすのも待てないと、政次が陸《おか》に跳び移るのが見えた。駈け寄ったのは、おいまだった。養女おみねが乗っているのだ。

「わが子でもないのに、あんなにも嬉しいものか。おかね」

「実子であろうとなかろうと、子は国の宝と申します」

「次代の担い手は、宝であるな」

「それを申すなれば、次代ではなく当代でございましょう。あれほどに浮き浮きとなさる奥方さまを見てのとおり、江戸を離れての憂《う》さを晴らしてくれるのが、子どもです」

「奥方おいまに、憂さがあるか」

「来る日も来る日も潮風と海ばかり、加えて奉行所内の役宅となれば退屈でございます」

「なにを申すか、武家の女は江戸にあっても家からは出ぬものであろう」

「江戸にある限り、おしのびの芝居見物に町人を装っての買い物、墓参かたがた料理屋での食事など、いくらでも」

「知らなんだ」

武家の奥方は、夫が浪人でもないかぎり、生涯一歩たりとも外出はできないと信じていたのであれば、それなりの融通ぶりを面白く聞けた。

とはいえ、江戸とはちがう浦賀が楽しくないことを変えるわけにはいかなかった。

女壺振りが消えて以来、代貸《だいがし》おいまは出番を失っていたからである。

香四郎は遠眼鏡で、着岸した御用船を眺めた。

船に渡された架け板を、荷物ばかり運び出されている。

「おみねは具合でもわるく、来られないのであろうか」

「加太屋さんに親しみ、相州なんぞへ行きたくないと駄々を捏《こ》ねたのでしょうかね」

がっかりしているであろう顔は見えないが、どう慰めたらいいものかを考えた。が、考えたところで安易なことではなかった。

下手を打てば、余計に悲しむのが女なのである。用人おかねは香四郎の顔から、胸の内を言い当てた。

「女ごころを懐柔《かいじゅう》することに比べましたら、黒船の異人を相手にするのは、わけもおへんでっしゃろ」

「――」

上方ことばになるときの用人は、皮肉も強いが洞察にも鋭かった。

そうなのだ。侵略されては困難と言うが、女ごころを推し量ることより分かりやすいのではないか。

異人も男である。十字架だかを胸に吊るすのと、阿弥陀如来の後光を背負うのちがいだけだろう。互いに揺れ動く感情など、考慮する必要はないのだ。

「あはは。黒船、怖るるに足らずか」

「それやったら水戸のご老侯はんと、同じでおますがな」

「止《よ》せ。攘夷の石頭と同列にするでない」

ムッとした香四郎だが、次から次へと運び込まれる荷はもの凄い数に及び、たちまち浜の埠頭がいっぱいになってきた。

「なんと仰山《ぎようさん》な数、いったいなんでおまっしゃろか……」

女用人は浜へ行ってみますと、出て行った。

遠眼鏡が峰近婆衆のおつねを捉えたとき、その腕に赤子が抱えられているのが見えた。

おいまの背が笑い、足が弾むのが分かった。女を慰撫《いぶ》する必要がなくなったのは、香四郎を晴れやかにした。

そして最後に下船となったのが、加太屋の主人誠兵衛《せいべえ》だった。

――加太屋ごと、引越し……。

三

街道の俠客《きようかく》と同じ扱いはできないと、上段之間に通した誠兵衛は慇懃《いんぎん》を見せつつも、太めの体軀《たいく》同様、大らかさを見せた。

月代《さかやき》は長いこと剃ったことがないらしく、髷《まげ》はぽっちりと頭の後ろに結ばれているばかり。赤ら顔ぎみなのは、冬の海風ゆえか。ところが寛《くつろ》いだ笑顔は、大名並だった。

「ご無沙汰をいたしております。大層なご出世、心よりお喜びを申し上げます」

「江戸で一、二の分限者《ぶげんしや》に世辞を言われるのは、気味がわるい」

「でございますなら、浦賀奉行は幕府の捨て札と、嫌味を申し上げさせていただきましょう」

「捨て札、蜥蜴《とかげ》の尻尾切り。小気味いいな。冷飯食《ひやめしく》いの部屋住《へやずみ》であった身の最期を飾るには、相応《ふさわ》しい御役《おやく》である」

「峰近さま、大人になられましたな。それでこそ、この加太屋誠兵衛が見込んだ男の中の男にございます」

顔を上げたまま頭を下げている誠兵衛に、皮肉はうかがえなかった。

「さて、加太屋。下男を迎えにやったのは、赤子を正月の膳に侍《はべ》らすため。おぬしが随《つ》いてくるとは、いささか解せぬが」

「江戸の在にいるだけで、当節は息が詰まりそうです。どこで聞きつけたものやら、わが家へ大名家の留守居役が銭の無心。これが五つ六つとつづくと将軍家まで、と申しても出てきたのは御三卿の一つでしたが……」

どいつもこいつも銭を貸してくれ、借りるからにはそれなりの代償を致すと、藩御用達の看板や運上金の減額を言ってきましたと、誠兵衛は笑って見せた。

「長者ならではの、煩《わずら》わしさか。で、貸さぬならと脅されたか」

「まだではございますが、早晩あらわれるかと思います」

「すると、船より下ろした幾つもの荷は財産隠し――」

「ご冗談を。加太屋の財は、あの千倍もございます」

運び入れたのは、養女おみねの持参金ていどだという。

「ということは、もう預かってはくれぬか」

「万が一、中野小淀の家に押込みが入るようなれば、小さき者は人質となりかねません」

「加太屋とも、これきりとなる」

「でございますなら、わたくしは浦賀まで足を運んで参りません。より深いお付合いをと、こうして伺いました次第です」

誠兵衛はすわり直すと、両手をついてことばを継いだ。

「政次さんより当地での賭場《とば》開帳のことなど、詳しくうかがいました。しかし、私腹を肥やしておらぬとはいえども、博打《ばくち》は天下のご法度《はっと》。いつまでも公儀《おかみ》が目をつむっているとは思えません」

いっときも早く奉行賭場から手を引き、代わりに加太屋の財に頼ってほしいと言い加えた。

「有難い話なれど、成り上がり奉行では代償など出せぬぞ」

「要りません。放っておいても、いずれ公儀に召し上げられる銭です。存分にお使いなって下さいませ」

「おぬし、峰近と申す力士の谷町《たにまち》になるというか」

「はい。香四郎関の贔屓《ひいき》となって、ご出世を夢見ます」

「――――」

谷町とは大坂の相撲好きが、これと目を付けた力士へ入れ上げたのがはじまりで、住んでいた地名が谷町だった。以来この名は、財によって後ろ楯となる者の総称となっていた。

無償であり、それがまた誉《ほまれ》ともなった。

香四郎に返せることばがないのは、一にも二にも公儀が禁じる賭場の開帳の後ろめたさに尽きた。

どれほど健全であろうと、博打は風紀を乱す要因とされる。

「お奉行には、わたくしが途中で手を引くのではないかとの懸念がございましょうが、加太屋誠兵衛も漢《おとこ》でござる」

「芝居の台詞《せりふ》のようだ。大星由良之助《おおぼしゆらのすけ》を救わんがため、役人に責められても口を割らなかった天野屋か……」

「はい。峰近さまは、義士の頭《かしら》。武士の鑑《かがみ》となるのです」

度々演じられる『仮名手本忠臣蔵《かなでほんちゆうしんぐら》』は、町人だけでなく武士のあいだでも人気を博していた。百五十年ちかく前の実話の写しだが、義士と呼ばれる人物など、以来一人として出ていないからでもあった。

――なれるものなら、なりたい。

偽《いつわ》らざる香四郎の本心であるばかりか、六十年に満たない一生を永久のものにできるのだ。

「それにつけても銭《かね》とは、敵《かたき》よのう」

役者の台詞もどきに、香四郎は声を立てた。

誠兵衛は笑い、手でパンパンと膝を叩いたのは侍役者への喝采である。

銭が敵とのことばも、近松浄瑠璃の文句だった。

困りごとの根には決まって銭が絡《から》み、男と女は非業《ひごう》の最期を見るのが芝居だが、谷町が控えていることで、その先に進めるのではないか。

「汚ない銭に頼るのは、峰近さまの本意ではないでございましょうが、力士あるいは役者が食うことに煩わされることなく一心不乱に力を出せることは、恥じることでないと申し上げます」

「よく分かった。加太屋の申し出、有難く頂戴する」

香四郎が畳に片手をついて頭を下げると、誠兵衛は破顔した。

そこへ熊十と政次があらわれ、江戸から船で運び込んだ品々は、呉服から、簞笥《たんす》、茶器、鍋釜、燭台《しょくだい》、煙管《きせる》、草履《ぞうり》に至るまで、どれもが金目の物ばかりと呆《あき》れ顔をしつつ、置きどころがないほど多いと嬉しい悲鳴を上げた。

年末は、奉行所も休日並の御用となり、香四郎も大掃除が済んだあとは役宅へ入った。

「おみねか……」

幼い娘が立っているのを、不思議な目で眺めていた。

夢を見ているのかと思ったのは、香四郎の現実と区別がつきづらい性癖《せいへき》による。

奉行所に幼児は、考えられなかった。

じっと見つめる香四郎に、二歳の娘は顔を歪《ゆが》めた。

――泣く、泣くでない。

念じたところで伝わるはずなどなく、赤子にのみできる号泣が、奉行所じゅうを揺すった。

「おみねさま。あのお人は父《とと》さまでございますよ」

乳母となっていた婆衆のおつねが、笑いながら抱き上げてあやすものの、泣き止まないでいる。おいまも、おかねまでもが出てきて、困惑の香四郎を見て口を開いた。

「父さまじゃないとは、おみねが感じたとおりです。あのお人も、子どもですからねぇ」

「わたしが、子どもと」

「ええ。世間知らずの木偶《でく》人形、ではありませんか」

図星を突かれ、いつもであれば言い返すことばを探す香四郎だが、今日はちがった。

――大望を秘めた大石内蔵助香四郎は、盆暗《ぼんくら》を装うのだ。

「はっはっ、は。のろま人形、頓馬《とんま》奉行にござる」

呵々《かか》と笑ってお道化《どけ》て見せると、女ふたりは真顔となった。毒でも盛られたのかしらと、気遣わしげな目を向けあっていた。

久しぶりの対面だったが、おみねはもちろん、香四郎にしても初顔合せのようなものである。

腫れ物に触わるかのごとく、抱いてみた。すぐにピィッと泣かれ、手足をバタつかせられてしまった。

「もう結構でございます。対面は済みましたゆえ、お役所のほうへ」

おいまに言われたが、戻ったところで役人らに鬱陶《うっとう》しがられるのは目に見えていた。

世間並の侍だったなら仕事納めも終わり、正月の手伝いをするのかと考えてみたが、部屋住《へやずみ》だった頃ならまだしも、一家の主《あるじ》が手伝うことなどなかった。

「なれば、釣りをしてこよう」

言ったものの、海釣りはもちろん、川や池でも魚を獲ったことはない。浜に行けば竿くらいは貸してくれるだろうが、教えてくれそうな者が大晦日にいるとも思えなかった。

役宅を出た香四郎は、ぼんやりと海を眺めることにした。

——これでは、大石内蔵助とは言い難い……。

浜に出た。誰もいなかった。

丘の上にある見張台に、当番役人が見えた。欠伸《あくび》をしている。沖に黒船は見えないのだろう。

長五郎という駿河清水の侠客に今は戦《いく》さの前だと言ったのが、嘘となってしまいそうだ。

雨が落ちてきた。

浦賀の雨は、潮の匂いがする。

幸いなことに、ここ数年の冬は雪を見なかった。寒くないのは有難いが、香四郎は雪という風情が好きだと気づいた。

空を見上げると、雲が風に煽《あお》られて押し流されていった。その風を頬におぼえつつも、寒さは感じない。

「雲にも風にも相手とされぬ、哀れな奉行か」

独りごちた。

「あ。加太屋の誠兵衛も、身を持て余しているはず……」

思いついた香四郎は、奉行所に戻った。

運び込まれた茶道具の目利きでも習うかと、役所の玄関口に足を踏み入れたとき、数人が駈け出すのを見た。

——黒船が出たか。

切支丹《きりしたん》の祭日は数日前に終わっているが、すぐにやって来たとなれば、琉球を出航した黒船だろう。

敵ながら見上げた者と、妙に感じ入った。

「いかがした」

後から駈けて行く同心に声を掛けると、奉行と気づいて直立して声を上げた。

「奉行賭場《とば》、いえ湊《みなと》まちの船蔵賭場に女の死体がございましたっ」

一瞬、数日前に入水《じゆすい》した女ふたりが、波に引き戻されたかと考えた。が、香四郎は冷静に次のことばを待った。

「賭場の出方《でかた》をしていた女で、おいとと申す十六の娘です。船蔵の裏路地に酷《ひど》い姿のまま、転がっておりましたとか」

「殺されたと」

「はい。首を絞められたと思われますのですが、はだけた着物から片方の乳房が切り取られておったとのことです」

「切り取ったと……」

「血はほとんど見られず、肉だけが――」

同心は嘔吐《おうと》しそうなのを堪《こら》え、顔をしかめながらそれ以上は分かりませんと言って出て行った。

「わたしも、すぐに参ろう」

外国奉行ではあるが、浦賀の町を預かる奉行でもあるのだ。

江戸に比べれば、人も少ない静かな湊まちだが、泥棒も出れば喧嘩もある。しかし、人殺しはないと言われていた。

袴《はかま》を脱ぐと、香四郎は下駄をつっかけたまま賭場へ向かった。

船蔵だった賭場は、海へつながる堀沿いにあり、潮くさいところに建っている。

正月を前に休業となり、〆《しめ》飾りが錠の掛かった出入口に掲げられてあった。その裏手は使ってはいないが、荷下ろしの場となっていた。

奉行所の与力と同心、それに十手御用の捕方《とりかた》が囲んでいる。

真新しい莚《むしろ》が仏に掛けられているのは、若い娘へせめてもの供養なのだろう。役人なりの心尽くしに思えた。

が、その莚を十手の先で動かすのは、いただけなかった。

中にいた役人が注意した。

「仏を思うなら、汚ないものを扱うような真似をするでない」

与力見習の土田文蔵だったことが、嬉しかった。父親の吉蔵とちがい、情に厚いようだ。

香四郎が近づくと、捕方が押し返した。

「見世物《みせもの》じゃねえ、向こう行ってな……。あっ、お奉行」

死んだ娘以外は全員ふり返り、頭を下げてきた。

「いつ、誰が見つけた」

「殺された娘の母親おまきで、そこにおります」

泣き疲れた姿が、乱れた髪と解《ほど》けそうな帯に見えた。

「まだ当分は、まともな受け答えはできぬであろう。奉行所のひと部屋に、連れてゆけ。誰か女を、そうだ、うちの婆衆の一人を付けておくがよい」

捕方ふたりが左右から支えながら、母親を連れて行った。

「冬でありますが、まださほど仏は硬くなっておりませぬゆえ、絞め殺されたのは夜明けごろと思われます」

おいとという娘は、香四郎の記憶にはなかった。色白で大柄だが、小造りな顔の奉行賭場ならではの美形だったそうである。

「乳房を切り取られたと聞いたが、なにか意味があると思うか」

香四郎は赤黒くなった肉色を見せる胸を見てから、一同を見まわした。

が、一人として理屈づけられる者はいなかった。

十六に似合わず乳は大きく、切り取られたところだけが目についた。

「脇差でとなれば、侍がということになる」

「わたくしも同じ考えでしたが、切り跡を見ますと剃刀《かみそり》ではないかと思えます」

「侍の刀から、髭や産毛《うぶげ》をあたる剃刀、漁師の庖丁まで、下手人は刃物を扱う誰でもとなるか」

「それが、よほど扱いに手馴れた者の仕業と思えるのが、きれいすぎる切り口なのです」

言われて今一度、肉色の胸を見た。

まるで椀を上から被せ、剃刀を縁《ふち》に沿って丸く走らせたような形だった。

「椀と申すより、丼鉢《どんぶりばち》の大きさだ」

「なるほど器を使えば丸く円を描くようにできますが、不思議なのは切り取った跡まで実にきれいなのです……」

剃刀を使ったのなら、すぐ刃に脂がのって切れ味がわるくなる。それを何本も用いたと考えれば、はじめから目的は切り取ることだったはずだと文蔵は言い添えた。

「たとえば、乳房の片方に入墨があり、それがなんらかの秘密の符牒《ふちよう》なれば……」

「考えられます。母親にも出方の仲間にも、そのことを訊く必要がありそうです」

「わたしも用人らへ訊いておくが、なんとも奇怪である」

年明けの三日まで、荼毘《だび》にふす火屋は休みとなっていた。奉行所の小屋へ丁重に運んでおけと、香四郎は言い置いてその場を離れた。

大晦日であれば、神社仏閣に蕎麦屋《そばや》くらいが忙しく立ち働くものだが、こうした不吉な変事ばかりは時宜《じぎ》を選んではくれなかった。

——盗《ぬす》っ人《と》や辻斬りなら、銭を奪うはず……。

おいとが大枚を懐《ふところ》に明け方、使い走りをしたとするならとも考えたが、そうなると乳房を切り取った意味はなくなる。

水戸の攘夷一派と関連づけてもみた香四郎は、まず銭と切り離すことにした。

しかし、出方の娘の胸に重大な機密となる入墨がほどこされていたとすれば、下手人は持ち帰ったはずだ。

——攘夷に関わること、あり得る……。

浦賀に赴任して以来、香四郎は異国対応をもとに物ごとを考える癖を離せなかった。

沖を見渡せる浜に立ち、混沌を見せつつある六十余州を想見《そうけん》した。異国との交易を認めるか否《いな》か。すべてが、これを出発点としている。

長崎出島以外の地を開港すれば、異人が逗留《とうりゅう》をはじめる。ことばだけでなく、異教の習俗はまるでちがうという。当然のことに、衝突をみるのではないか。

それゆえの、朝廷や水戸が推す攘夷だった。

が、武力に訴え出られた場合、香四郎が聞き知る限り、勝ち目はないと思われてもいた。

「開港して、その先のことはつくり上げてゆくほかあるまい」

香四郎の答は決まった。

穏やかな大海原は、西廻りの千石船のほか漁船の一艘《いっそう》も目にできない泰平を見せていた。

明ければ弘化四年となり、香四郎は二十四となる。

めでたいなどと、外国奉行の雄として口に出せるものかどうか。正直に申せば、言えるはずがなかった。

江戸湾のとば口となる浦賀に、黒船が砲門を向けながら大挙する図を想うと、なにから手をつけてよいやら分からなくなっていた。

背後に人が走る音がして、ふり返った。

「人殺しだとよ、船蔵のほうで」

「浦賀の者か」

「いや、賭場の女だって話だ」

「心中の仕損ないだろうな」

「だろう。船蔵の奉行賭場じゃ、娘の出方が色をふりまいていたっていうから、そのもつれってとこだ」

湊に暮らす者と、外国奉行との差が、大きなちがいを見せた。

香四郎にとっても、男と女の痴情がもつれた末であってほしい。しかし、浦賀奉行である限りは、異国とのことを含んでみなければならなかった。

それにしても、湊まちに早くも娘殺しが知れ渡っていることはおどろくに値した。

奉行が浜に突っ立っていたなどと、言われたくない。香四郎はうつむきながら、奉行所へ足を向けた。

四

歳末の休みが返上となった与力と同心が、渋い顔をしてあつまっていた。

聞き込みの手分けがされ、それぞれが散って行く中で、香四郎は殺された娘おいとの母おまきのところへ足を運んだ。

おまきは四十前だろう。憔悴《しようすい》しきった面持《おもも》ちは、還暦女ほどに見えた。

付添っている用人おかねの「女親おまきさんです」とのひと言がなかったら、祖母が代わりに来たと思ったろう。

それほどに娘の死は、親を一瞬にして老けさせるものだ。

「殿方であるお奉行より、女のわたくしのほうがと、あらましは聞いておきました」

「そうか。いつもながら、おかねには助けられる。して、なにか手掛かりとなりそうな話は――」

膝を乗り出した香四郎に、おかねは怖い目を向けてくると、自らすわり直して見せた。

「仏さまとなられたおいとさんの、成仏をまず念じませねば」

おかねが手早く握らせてくれた数珠《じゆず》を、香四郎はさも持ってきたように指へ掛けた。

「良き女ほど、阿弥陀仏は足元に召すという。おいとも、おそらくは――」

香四郎の腿《もも》が、おかねの指先によって捻《ひ》ねられた。余計なことを口にして、悲しみを甦《よみがえ》せるなというのだ。

「い、痛っ」

声を呑んで、痛みに耐えた。女ごころどころか、人の気持ちも思い遣《や》れない男だった。

おいとは出方《でかた》となって、まだひと月ほどの新参者という。十六にしては四肢《しし》の発達した美人で、客は煙草盆を置きにくるおいとの手を握ったり尻を撫でたりした。

貸元おかねはいずれ壺振りに格上げと目をつけていたほどで、おいとのことは母親よりよく見ているらしかった。

「わたくしの見ておりました限り、おいとさんは蓮《はす》っぱな娘じゃありません。という以上に、鉄火場なんぞで働くにはもったいない確《しっか》りしたお人でした」

奉行が差配する賭場《とば》とはいえ、ご法度《はっと》の博打《ばくち》となれば働こうとする者に堅気は少ない。ましてや女となると、身を売らされるかもとの懸念があろう。

とはいえ、貧しい家の娘には、宿場女郎に売られるより良かったにちがいあるまい。

父親は先年に病死、長女のおいとは賭場で働かせてほしいと出向いて来た。貸元おかねは、一も二もなく雇うことにしたという。

「おかねに問う。攘夷とは申さぬが、背後に誰ぞあって――」

「はい。念のため、船蔵賭場で働く者を熊十さんと政次さんに調べさせました。もちろん絶対とは申しませんものの、人を見る目は失礼ながら、お奉行より確かです」

　人前でなにもそこまでと言い返したかったが、本当のことなのだ。

　ひと月のあいだでも、これといった変化は見られなかったばかりか、給金のよさも手伝って、おいとは明るく仕事に励んでいたようだった。

　浦賀の奉行賭場は、朝帰ってくる漁師たちのためもあって、午《ひる》まえには開帳している。その代わりに、夜は早めに閉めた。

「あそこくらい手堅いところはないと、おいとは毎日のように笑いながら口にしてましたで」

　打ち萎《しお》れていた母親が言い添えたので、香四郎は訊ねることにした。

「年ごろの娘ともなれば、男が言い寄ってくることがあったのではないか」

「おいとは晩手《おくて》で、そういったことに疎《うと》いでよ」

「疎くても、言い寄る男はいたのではありませんか」

間髪を入れず、おかねが問い返した。

「そういえば、十日ほど前から家まで随《つ》いてくる人がいましたっけね……」

「どんな」

「土地の者じゃねえ」

「ことばがちがいましたか」

「しゃべったことはないもの、分からねえよ。でも、湊《みなと》じゃ見ねえ男だ」

「無頼、博徒《ばくと》か」

香四郎は清水湊の長五郎の子分かと探りを入れたが、首を横にふられた。

「与太者《よたもの》みてぇのなら、浦賀にもおるでよ。見慣れないと思ったのは、ペラペラした袴《はかま》を着けてたで」

「侍、それとも浪人か」

「夜だし暗いのだもの、分からねえ」

それ以上は、聞けなかった。

貸元おかねはと見返したところ、浪人もどきは毎夜やってくるが、なにをさて措《お》き乱暴を働くかどうかを見定めた上で中に入れるのが精いっぱいと言い返された。

なるほど攘夷を騙《かた》って狼藉《ろうぜき》を働いた浪人たちが、代貸おいまを人質にしたのはついこのあいだのことである。

浦賀は内外問わず、修羅場と化しつつあった。そうした中で、娘の出方に目を配ることなどできなくなっていた。

「そろそろ奉行賭場も、手放さざるを得ないかな」

「加太屋さんも谷町《たにまち》になると仰言《おつしや》ってくれたのですから、潮どきかもしれませんね」

おかねは加太屋誠兵衛がやって来た理由を、当人より聞かされていたようだ。

が、おいと殺しは、湊まちの奉行として決着をつけて去らねばならない。その思いは、香四郎の矜持《きようじ》だった。

仏となった娘の遺骸《なきがら》を、熟練の同心が調べたが音《ね》を上げたと聞かされたのは昼下がり。香四郎が通詞《つうじ》の達之助の連れてきた宇田川興斎と、対面していたときである。

興斎は天下の蘭学者宇田川榕菴の養子で、蘭語ではなく英語の通詞に迎えたいとの話をしていた。

いかにも学者然とした興斎は、香四郎のような軽い人物には重荷に思えた。

食べるものを削っても洋学書を求め、飲む打つ買うなどもってのほか、湯屋に行く間も惜しんで書物と格闘する堅物《かたぶつ》と見た。

もちろん異人を相手に、こうした者は役に立つだろうが、頑固に片意地を張られると厄介な者でもあった。

「助勤《じよきん》として雇うにしても、江戸へ上府して裁可を受けねばならぬ……」

「そのとおりではございますが、お奉行は今朝、英語に達者な通詞なら是非と仰言いました。黒船来航は、今日明日かもしれません。幕府の承認を待っていては、間にあわないとご存じのはず」

達之助が言い募る中、興斎はと見れば懐《ふところ》から出した洋書に目を通しつづけていた。

奇矯《ききよう》な男とまでは言えないものの、千石の奉行を前にしても風変わりを見せる男だった。

襖《ふすま》ごしに声が立ち、いきなり遺骸の不可解を口にした。

「お奉行。どうしても分からないのでございます」

「なにが分からぬと申す」

「切り口ですが、なにを用いても、あのようには切れません」

「唐紙が開き、検死した同心が脇差や匕首《あいくち》、剃刀、大小の庖丁、様々な大工道具などを敷居ごしに並べだした。

ちらりと横目を向ける興斎に、達之助は夜明けころにあった娘殺しの経緯を説明した。

「左様に鋭利な刃物なれば、スカルペルでござろう」

興斎がこともなげに口にした蘭語に、達之助は小膝を叩いた。

「蘭方医が用いる刃物、これをわれらはメスと申しておりますが、正しくはスカルペルです」

外科手術では、刃先が弓形となっている小さなものを使う。切れ味は剃刀ほどだが、両刃で刃先が反っていることから柔らかい人肌を難なく切り落とせると付け加えた。

両刃とは左右どちらからでも刃が入り込めるもので、太刀は両刃だが、包丁などは片刃である。

「剃刀《かみそり》の代わりにもなるか、興斎どの」

「月代《さかやき》なり髭をあたるとなりますと、弓形ゆえ肉まで傷つけてしまうでしょう。また、手術の折は刃に脂がのりますゆえ、何十本となく用意をしておきます。娘御の胸を切り取ったのは、医術用のスカルペルとして、よろしいかと存じます」

自分が宿としている旅籠《はたご》の行李《こうり》に洋道具があると、興斎は敷居ごしの同心に宿の名を言った。

母親おまきの言う袴を着けた男とは、医者なのではないか。

殺した目的は別として、下手人の手掛かりになりそうなものができた気がした香四郎は、立ち上がると同心たちの用部屋へ出向くことにした。

「宇田川どの、しばらく客分として逗留《とうりゅう》をねがう」

香四郎のひと言に、堀達之助が満面の笑みで喜んだ。

例年になく寒くない冬だが、廊下に出ると外と変わらなかった。広い奉行所であるだけでなく、海を渡ってくる潮風は格別なようだ。

その海からやってくる異人は冷たいのだろうかと、つまらぬ思いを頭に描いてしまった。

——人肉を思うままに切り取れるメスとやらを、生み出した異人は残忍とすべきであろうか。

愚にもつかない想いに、香四郎自身が呆《あき》れてしまった。火薬《ひぐすり》や鉄砲のほうが危ない上に、本来は不要なはずだと。

外国奉行としてではなく、浦賀の町奉行としての役目を改めて考える必要に迫られていた。

大晦日とはいえ、千客万来の一日だった。

養女おみねに誠兵衛が連れ添ってきて、谷町になると断言した。香四郎は開帳した賭場を、清水の俠客《きょうかく》長五郎に譲渡する腹づもりでいた。

異学に秀でた興斎は、使い勝手がよさそうだ。現に出方の娘の胸を抉《えぐ》り取った兇器を、見事に言い当てたのである。

人は揃った。ただし、香四郎の身のまわりを支える者でしかない。

突然の殺人が、湊まちに起きた。まるで雲をつかむごとき下手人探しは、素人《しろうと》奉行の手に負えそうになかった。

今年になっても攘夷志士を名乗る者が、襲撃あるいは押込みまがいにやって来た。

連中は賭場の胴元が奉行であると知れば、客の用を足す出方の娘に仕掛けをすことはいくらでも考えられた。

手がかりは蘭方のメスだが、乳房を切り取ったのは挑戦状の代わりと思えなくもなかった。そう考えはじめると、下手人の出どころは水戸徳川に行き着くのではないか。

「新参の成り上がり奉行に、できることなど限られると侮《あなど》られたか」

つぶやきは、嘆きに近かった。が、かつて出会った先人のことばが甦ってきたのは、袂《たもと》から赤い紐が顔を出したからにほかならない。

赤い紐は香四郎が蝦夷《えぞ》地《ち》に赴任した折、世話方の女中として随《つ》いてきたおふじが土地の娘たちと綾《あや》とりをしたものである。

かの地で客死した老女は、先住民アイヌのために寺子屋を開いた。その名残りが赤い紐であり、心などという曖昧なものとはちがう本物の絆《きずな》だった。

久しぶりに袖を通した普段着に入っていたのは、土地の娘が押し込んだのだろう。

なんであれ、香四郎は自棄鉢《やけばち》にならずに済んだ。

甦った老女のことばは「どうにでもなりますです」であり、「なるようになりますよ」だった。

──おふじは、わたしよりひと足先に、あの世へ旅立ったにすぎぬ……。

香四郎は出来るところまでやろうと、自棄をおこしそうになった自分を諫《いさ》められた。

人間五十年の箴言《しんげん》は、六十年に塗りかえられてきたものの、死はすぐそこにあるではないか。

生来の楽観が芽生えると、眉間《みけん》の縦皺《たてじわ》が失《う》せていた。もちろん香四郎が気づくはずもなく、ただ気が大きくなるばかりであった。

「背後に水戸の老侯がいたとしても、わたしは怖れない。浦賀を開港し、いつか異国を訪れてやろう」

ことばにして出すつもりはなかったが、口の端《は》にのせると生きてゆく糧《かて》となっていた。

香四郎をいつも惑わせる夢見ではない。なぜなら、鼻は海の香を嗅いでいるし、耳は潮騒を聞き、なにより目は縁側からどこまでも広がっている大海原を見ていたからである。

この海が船を運び、人を呑み込みもするだろう。凪《な》いだときと、尖った波を作るときのちがいは、天地ほどの差があった。

満ちて引く繰り返しを千年万年もつづける波音は、決して耳障りと感じないのはなぜだろう。

高名な蘭学者から、人が胎内にあるときは水の中と同じで、その水音と同じだからと聞いたことがある。が、香四郎は首を傾《かし》げた。

――卵から孵《かえ》る海鳥もまた、うるさく感じていないではないか。

誰ともしゃべりたくなかった。

下駄を履いて、浜へ出た。山の上にある台場とは別の見張台が、火見櫓《ひのみやぐら》と同じように立っている。

香四郎は梯子《はしご》を伝って登った。

夕暮れに近い海は、キラキラと光っていた。冷たいであろう波が、止まって見えた。

塒《ねぐら》へ帰る鳥が、まっすぐに飛びすさった。

――巣には、妻女が待っているか。

「おいまが、いる」

遠い異国へと願った男は、もう俗世の亭主に舞い戻っていた。

畳の匂いを恋しがる自分が、可笑《おか》しかった。

〈二〉付馬《つきうま》、出入り、子連れ客

一

相州《そうしゅう》浦賀での初正月は、香四郎《こうしろう》にとって賑やかな年始となった。

一年前の去年は蝦夷地《えぞち》行きの仕度に大童《おおわらわ》で、とてもではないが、正月気分に浸れないでいた。

それ以前となると、下男も抱えられない貧乏旗本家の部屋住《へやずみ》でしかなかった身は、病弱な長兄のため薬屋へ走り、井戸の水汲みから掃除洗濯までをこなしていたのである。

人並の正月がなんであるか、知るすべもなかった。

が、二十四の今、ようやく贅沢な祝膳を囲む元日を迎えた。

雑煮椀と御節は豪商が各地より取り寄せたもの、屠蘇台《とそだい》も銚子や盃も漆器の一級品、酒は灘の下り物と、どれをとっても絢爛豪奢《けんらんごうしゃ》となっていた。

　そこに数え三歳となる養女おみねが加わり、峰近家《みねちかけ》は〝わが世の春〟そのものとなった。

「殿さま。明けましておめでとうございます。旗本峰近家ようやくに、でございますな」

「口切りとなるおかねの挨拶は、なんぞ含みがあるような」

「家長たる殿さまが、御慶《ぎょけい》のひと言もないのはなりませぬぞ」

　おかねに新年早々たしなめられた。

「そうであった。新玉《あらたま》の、春めでたしと」

「…………」

　一座が静まったのは、大身《たいしん》旗本らしく初歌《うた》の一首でも詠むのではとの期待が、やはりと裏切られたからである。

　冷飯食《ひやめしく》いであった男が、一朝一夕で風流な嗜《たしな》みを身につけられるはずもなかったかと、どの顔も鼻先が笑って見え、香四郎は婆《ばあ》やおつねの膝にすわるおみねに目を移した。

　——馬鹿にしないのはおみね、おまえだけだ……。

「うっ、うぎゃぁ」

大泣きされ、打ち沈んでいた座が明るんだ。

「正月なれば精気あふれる大音声《だいおんじょう》は、結構ですなぁ」

熊十《くまじゅう》が一同を和ませると、政次《まさじ》がおみねの前にすわって自分の額を叩いた。と同時に舌をペロリと出して見せると、泣き止んでしまった。

みながドッと笑い、屠蘇が歳の順にまわされた。

年下の赤子から順にまわすのだが、下戸《げこ》の香四郎は祝言《しゅうげん》の三々九度でも、胃ノ腑《ふ》が熱くなって生酔いをしたおぼえがある。

できるものなら、外してほしかった。

が、番は来た。かたちばかり舐めたところ、女用人に飲み干さなければと言われた。

「そう致したい。しかし、気分がわるくなるのだ。去年も、そう申したではないか」

「一年前は遠国《おんごく》へ行く大事な勤め前、お仕度に手落ちがあってはと控えましたまで。今年はちがいましょう」

「主《あるじ》が吐いてもよいと、おかねは申すか」

「はい。縁起物とは、実《じつ》より名を取るものでございます」

二ノ句が継げなかった。えぇいままよと、毒を仰ぐようにゴクリと呑み込んだ。

大中小の盃《さかずき》すべてをである。

旨いどころか、不味《まず》かった。

六人の婆衆に用人おかねを加えた七名にまで盃がまわると、熱々の雑煮椀が配られ、大きな重箱の御節が運ばれてきた。

「お殿さま、お箸を」

香四郎はかたちばかりの箸づけをし、一同を見廻した。

ふだんは一緒に膳を囲むことなど、あり得ないことである。

主《あるじ》は一人で、妻女おいまは用人おかねと、そして婆衆は台所脇の居間で、熊十と政次は玄関横の小部屋と、それぞれで食事を摂るのだ。

が、今年の三が日は大広間に揃い、おみねと誠兵衛が加わっての宴《うたげ》となっていた。

香四郎は顔が火照《ほて》ってくるのが分かり、少し頭痛がしはじめた。

蝦夷へ向かった大きな弁才船《べざいせん》で、死んだほうがましと叫ぶほどの船酔いが思い返されたのは、香四郎が甘い伊達巻を口に運んだときである。

――あのときは、身の持って行き場さえなかった。しかし、今は厠《かわや》なり裏庭で吐ける……。

出してしまえば元に戻るとの、余裕らしきものがあった。

やがて耳の奥が熱を帯び、家の者が話すことばが入り乱れて聞こえだした。

食膳の場に、おしゃべりは無用。そう教えられていたが宴や祝いでは、そうではなかった。

「おみねは、もう座《すわ》れるのですね」

赤子を脇にしたおいまが、蕩《とろ》けそうな笑顔をしている。

――今年あたり懐妊するといいのだが、それにしても俺にあんな顔を見せたことはない。

五十をすぎた女中たちは海老の活きがいいの、昆布は松前に限るわ、黒豆の煮加減が今ひとつだのと、食いけ話に興じていた。

――言い寄る男がいなくなれば、食うことだけか。六人が、いや用人おかねを入れて七婆衆。皆よく働くが、老いて一斉に寝込まれたら、誰が面倒を看《み》るだろうか……。

政次は熊十と差しつ差されつ、女話にうつつを抜かしていた。

浦賀の湊《みなと》に女郎屋はなく、鎌倉ならいいとか戸塚宿まで行かないと駄目だと言い合っている。

ふたりとも三十になるはずだが、所帯をもつつもりはないらしい……。

下座には、加太屋《かぶとや》誠兵衛《せいべえ》がニコニコと盃を傾けていた。七婆が交代で片口の酒を注いでいるのだが、顔いろ一つ変わることはなかった。

——分限者《ぶげんしゃ》も、今の世はおちおちしていられまい。大名ばかりか幕府までが、大枚の拝借にあらわれてくるどころか、押込みにでも入られては命さえも危ういとはな……。

浦賀はよいところらしいと、閉めた唐紙ごしでも入ってくる潮の香りを嗅いでいる内に、香四郎の吐き気は治まってきた。

そうした正月の中でも表向《おもてむき》となる奉行所では、娘殺しの調べが進んでいるにちがいなかった。

——これも務めで辛いだろうが、お年玉でもして慰労するか。

物ごころついて以来、その威力に勝てた憶えのない香四郎である。頭を下げて得ようとしなかったものの、銭には連戦連敗つづきとなっていた。

一分金《いちぶきん》あと一枚あれば、長兄へ良く効く薬が買えたときがある。新しい胴と小手があったなら道場での打ち身が軽くて済んだことも憶えている。年の瀬に掛取《かけと》りを延ばしたため、正月用の食材に傷《いた》みかけのものばかり持ってこられたのも忘れられない。

銭は若い時分の香四郎にとって、恨みの元凶となっていた。

それが今、日々の暮らしの中だけなら、右から左へ融通が利くのだ。

香四郎の努力でも才覚でもなく、一にも二にも巡りあわせだった。運が良いと、ひと言で片づけられるほどの七百日余りとなっていた。

「いつまでも、つづくわけはなかろう」

口を突いて出た蚊の鳴くような香四郎のひと言に、盃を差し出しながらことばを掛けてきたのは加太屋誠兵衛である。

「仰《おお》せのとおり、徳川さまの御代《みよ》がつづくものかどうか、これより正念場と申せましょう」

「知らぬまに加太屋どのがいたとはな、迂闊《うかつ》な奉行である」

「なんの。下座に控える町人が、主人顔のまま動かぬわけには参りません。お盃に、お流れをいただきます」

下戸の香四郎を知っての、お流れ頂戴は有難かった。

「めでたい元日に、長くはないとのことばを聞くとは思わなんだ。幕府を見切ること、早すぎはせぬか」

「丁半の博打《ばくち》同様、迷っている限り良い目は出ないでありましょう。峰近さまとは異なり、上質屋《うわじちや》を世襲したがため今を見たわたくしなれば、安穏と座しているわけには参りません」

上質という市中の質屋へ貸付をする加太屋は、なに一つ物づくりをせず、働き掛けさえしないで今に至っていた。

五十の齢《よわい》を迎え、じっとしていられなくなったのだと言い添えた。

「博打と同じと申すなら多くの、いや総ての客人はスッテンテンになるものであろう」

「そのとおりでございます。昨日も申し上げましたことに変わりなく、峰近さま一人に丁《ちょう》の札を賭けます」

「加太屋の家人一同が、路頭に迷うかもしれぬぞ」

「そうならないよう、お働きをねがうのです。攘夷をつづけるなら、まちがいなく江戸は火の海と化し、銭などなんの値打ちもなくなるでありましょう」

「…………」

香四郎も攘夷を危ういと考えている。しかし、旗本である限り、幕府の意向に逆らうつもりはなかった。

が、昨日の話に念を押すように、誠兵衛の眼は酔った勢いの戯《ざ》れ言《ごと》ではないと、鋭い光を見せていた。

「新年の祝い酒、嬉しくいただきましてございます。甘露《かんろ》、甘露の甘露梅《かんろばい》」

ひときわ声高らかにお道化《どけ》て、誠兵衛は席に戻っていった。

甘露梅は吉原の廓《くるわ》で生まれた名物で、梅の実を砂糖漬けして紫蘇《しそ》に包んだ菓子だが、色里に行った証《あかし》となるので家に土産とするのを憚《はばか》る物とされていた。

「あはは。加太屋の旦那も、洒落者ですね。亭主が買ってきた甘露梅を、女房が見つけて嫉《や》きながら旨いと言って食べる話は、よく聞きましたです」

吉原で働いていた熊十が酔いにまかせて洒落を説くと、婆衆の中から海老の殻《から》が飛んできた。

雪を見ずに、また雨となった晩である。

「寒くないような、それなのに寒いようにも思える冬の雨ですね」

「おいまがおってくれる限り、いつも温かい」

「毒茸《どくきのこ》かなにか、召し上がりましたか」

「――。世辞を弄《ろう》したわけではない。新年の誓いとして、もう嘘をつかぬことにしたのだ」

「嘘も方便、ときと場合によって、出鱈目《でたらめ》も必要でございましょう」

「なれば、奥に対してのみ、不実は申さぬ。これなら、よいか」

「では、甘露梅を買ってきていただけるのですね」

「女を買わずに、土産のみ持参いたそう」

「お友達に、嫌われます。峰近は、恐妻かと」

「きょうさいとは」

「妻が鬼より恐くて、お付合いをなされない殿方を申します」

「なれば、峰近は恐妻ではなく好妻《こうさい》だ。妻を好くと書く。尻に敷かれるも、またよし」

香四郎は本気で、そう思いつつあった。昼でなければ、この場でおいまを後ろ抱きにしたろう。

その刹那《せつな》、中庭の内塀に沿いながら、編笠《あみがさ》を被った侍が入って来るのが目に入った。

正月の奉行所に人手はなく、誰何《すいか》されることなく紛れ込んだのだろうが、しきりに背後を気にする素振りを見せている。

庭下駄を履いた香四郎は、潮風にたたられてかたちの悪い松ケ板《まつがえ》をかき分けながら、男に声を掛けるつもりだった。

いくつかの足音が雨音に勝ったほうに目を向けると、抜刀した三名が走り込んできた。

――攘夷の浪士か。

香四郎は素手の丸腰である。近くにあった竹棹《たけざお》は春に伸びてくる草花の添え木だったが、これしかないと引き抜いた。

編笠の男は、三人に対し鞘《さや》を払った。

三対一。

塀を背にするほうが、気後れしていた。構えに落ち着きがない。

「袋の鼠《ねずみ》ぞ。観念せいっ」

「こ、断わる。言いなりになんぞ、なるものか。約束が、ちがうっ」

腰の定まらない編笠の男がブンブンと太刀を振りはじめるのを見て、侍ではないことが知れた。

左右に振っているだけの太刀は難なく叩き落とされ、三人組に囲まれてしまった。

「さぁ、一緒に参れ」

衿首《えりくび》をつかんだ男たちが編笠の者を引っ立てようとしたところへ、香四郎は進み出た。

「――――」

「奉行所内で抜刀とは、穏やかではないな」

「これはこれは、お役人さまでしたか。いやなに、この者が盗みを働きましたので、追い詰めましたのです。お騒がせ致した。ご免」

引ったてたまま立ち去ろうとした者たちを、竹棹で通せんぼした。

「盗っ人《ぬすと》なれば、奉行所にて吟味《ぎんみ》致すゆえ、表向に申し立てるがよい」

「うるせえっ」

一人が香四郎を払いのけ、出て行こうとした。香四郎の竹棹が、先頭にいる一人の片眼を突いた。

「ぎぇっ」

地面に刺してあった竹棹は、尖っていたのである。

「ここが奉行所であることが分からない者なれば、目など元より見えておらぬのであろう」

「なにを三一《さんぴん》役人っ」

抜刀したままの侍が太刀を振りかざしたので、竹棹の先が喉仏を押し込んだ。

「ぐっ、ぐぇっ」

急所の喉である。手にしていた太刀を取り落とし、片手をついたまま吐く恰好をするのを見れば、三人目は狼狽《うろた》えるしかなくなっていた。

すると、捕まえられていた編笠の男がスルリと身を躱《かわ》して走り出し、三人目が逃げるように駈けて行くと、竹棹に打たれた二人も遮二無二《しゃにむに》とび出して行った。

下駄を脱いでまで追うつもりも起こらず、香四郎は雨に濡れた正月用の紋付が腕に貼りついたことで気色わるくなり、上半身の肌脱ぎになった。

「まぁ男らしい」

妻女の第一声が天にも昇るほどの讃辞に聞こえて、胸を反らした。

あれほど難なく倒せる腕前とは、自分では思いもしなかった。

よほど相手が弱いのか、奉行所という敷地であることが幸いしたものか。なんであれ、おいまに男を見せつけられたのだと頬が弛《ゆる》んだ。

「正月の酒に酔った男どもが、奉行所に暴れ込んだのだろう。元は漁師町であったのだ」

「浦賀には漁師は少なく、廻船の水夫《かこ》さん方の休憩地でございましょう」

「うむ。船頭や水夫たちは、いつも無礼講さ」

上半身を拭いてくれる妻女の手が温かいので、香四郎は堪《たま》らなく嬉しくなってきた。

今の乱闘を思い返した。三人組はなんとなく憶えているが、編笠の男の顔は見えなかった。が、侍ではない足腰を見せた。

「あ、袴《はかま》を着けていた」

「袴は正月膳のあと、あなたお脱ぎになりましたよ」

おいまの返事にうなずいたが、殺された出方娘《でかたむすめ》が安袴を着けた男に付きまとわれていたとの話を思い出した。

雨は止《や》んだが、海からの風が強くなった。

奉行所は早くも雨戸を閉めはじめ、台所では夕餉《ゆうげ》の仕度に取りかかっている。

人が殺されようと、乱暴狼藉《ろうぜき》があろうと、雨露を凌《しの》ぐところで食べるのが人間の暮らしなのだ。

知らぬ内に、一番星が出ていた。

二

なにごともなく正月の二日、三日が過ぎたと思うのは、香四郎だけのことかもしれない。

浦賀奉行所の筆頭職にある身であれば、することがなかった。というより、させてもらえなかった。

例年であれば、元旦登城に江戸へ出向くのが通例だが、黒船の出没どころか異国軍船の上陸が考えられる昨今、浦賀奉行は上府に及ばずとされた。

もともと働き者ではない上、これといった道楽をもたない香四郎である。小さな湊《みなと》まちを散策すれば奉行が来たと逃げられ、それとなく聞き込みをしている同心や捕方《とりかた》たちに邪魔だと言われかねないのだ。

千石の奉行がこれほどに手持ち無沙汰で、嫌われることを身をもって知らされた正月になっていた。

――御城の大奥に、上様ばかりは居つづけておられるのだろうな……。

とんだ勘ちがいをした香四郎は、四百四十万石の将軍がどれほど窮屈か、まるで分かっていなかった。

与力見習の土田文蔵《つちだぶんぞう》が挨拶もなく駈け込んできたのは、奉行の香四郎が相も変わらず身分というものに空しさを感じていたときである。

「お奉行。元日に闖入《ちんにゅう》した編笠《あみがさ》に袴《はかま》の男、分かりそうでございます」

「でかしたっ。して、どこの何者か」

「その前に、お勘定を」

「勘定、とはなんだ」

「付馬《つきうま》を、同道して参りました。拙者あいにく持ちあわせが足りず、あと三朱《さんしゅ》ばかり」

付け馬ともいう女郎屋の男衆《おとこし》にさせる掛取りを、生真面目一辺倒の文蔵が引き連れて来たことが意外だった。

「おぬしも男と、認めねばならぬ」

一分銀を出した香四郎は、釣り銭の一朱は付馬への駄賃にしろと握らせた。

「見世《みせ》の男も一緒に、ここへ今」

「どうでもよかろう。左様な者など」

「拙者はいかがわしいところへ揚《あ》がりは致しましたが、女郎の肌に指一本触れておりませんのであります」

「………」

言いわけを口に、文蔵は踵《きびす》を返していった。

なんだ、男にならずじまいかと見送る香四郎は、身分が世襲であるのと同様に、家来の資質もまた血につながるものかとの思いを致らせた。

文蔵の父親吉蔵《きちぞう》は、いわゆる小役人の典型である。融通が利かない上に、世の中の通念や常識にこだわることを第一としていた。

飲む打つ買うは三悪で、武士たる者は民百姓を良導《りょうどう》する立場にあらねばならないと信じ、勤めに励んでいる。

伜《せがれ》の文蔵は進取に富むと見たが、その三悪を徹底して忌避《きひ》するところは血のようだった。

親子して、融通なるものに欠けるのだ。

——さりながら女親の血も、あろうはず。

黒恵比寿《くろえびす》と渾名《あだな》される文蔵の母であり、吉蔵の妻女を見てみたくなった。

「連れて参りました。戸塚宿の曖昧宿《あいまいやど》の男で、名は——」

「……、民助《たみすけ》と申します。この度は、こちら様のことで、ご面倒をお掛け致し、まことに、なんでございまして」

戸塚の宿場から浦賀まで来たものの、民助という男衆は奉行所に連れ込まれたのである。それも奉行本人を前にすれば、委縮するのは当然だろう。

「お奉行。先ほど申しましたとおり、拙者は女なんぞ抱いておりません」

「土田。見世に揚がった限り、勘定は勘定である。一文たりとも、負けられぬことになっておるのだ」

香四郎のことばに、男衆の民助は我が意を得たりと小さく笑うと、両手を出した。

「お勘定は引っくるめて、三朱です」

「払ってやる。合わせて一分だ。うち一朱は、お奉行よりおまえへの酒手《さかて》である。ありがたく頂戴せい」

文蔵は威張った。

香四郎は眉をひそめた。

「確か三朱ばかり足りない、と申したのではなかったか。土田」

「ええ持ちあわせが、なかったので……」

「一文もか」

「昼に蕎麦を、夜は旅籠に。これらは聞き込みのためでして、多少の散財がございましたのです」

「与力見習として、見上げたものと褒めてつかわす。人に銭《かね》を握らせ、聞き込んだのであるな」

「いいえ。自分のだけでございました」

「おぬしの懐《ふところ》に、いくらあった」

「一朱と少々でした」

「そればかりで戸塚まで参ったと」

「母が無駄はよくないと申しまして」

「――――」

思わず黒恵比寿だったなと、口を突きそうになった香四郎である。

「民助とやらに訊くが、おまえの見世は前金で客を揚げるのではないのか」

「えっ。見世じゃなく、旅籠でございますです」

男衆は頭を掻いて、お役人さまが抱いたのは、女郎ではなく飯盛女《めしもりおんな》だと言い足した。

街道筋の旅籠は、宿泊客のために一軒に一人の決まりで、添い寝をする女中を置くことができた。それがやがて客は、この安直さを旅の恥は搔き捨てと言いだして好んだ。

膳を運んでくる女中が、酌をして飯をつければ情が通う。一人寝は淋しいとなって、

「姐《ねえ》さん、朝まで」

こんな客が、ひと晩に三人四人となれば早い者勝ち。当然ながら旅籠のほうは、飯盛女を一人足し二人足す。宿場役人も、見て見ぬふりをした。

今や諸国街道の旅籠でそれをしないのは、大名が泊まる本陣くらいなもので、宿場の中には町外れに女郎屋としか思えない設《しつら》えの旅籠まで生まれた今となっていた。

香四郎も二年余り前まで数回、お世話になったから知っていたのである。廓見世とちがい、前金ではないことを。

「そうであった。土田は編笠に袴の男の聞き込み話を致しに参ったこと、忘れるところだった」

「左様です。この男も居あわせておりましたゆえ、お聞きねがいます。昨日のこ

と……」

文蔵は民助をうながし、ふたりは香四郎の前にすわり直した。

元日の夕暮どき奉行所から逃げるように出ていった男の探索を、文蔵は街道を往き来する馬方に聞いてまわっていた。

それらしい男を見たと言ったのは、馬方ではなく街道駕籠《かご》の二人だった。

男は顔を隠して乗り込み、戸塚へと命じたという。正月の祝儀だと、下りるとき一分銀をくれたので憶えていた。

年ごろは二十歳《はたち》くらい、大人しそうな顔だちで小太り、袴を着け総髪を束ねていることで、医者の薬籠《やくろう》持ちに見えたと言った。

メスと医者。これをつなげた文蔵が戸塚宿へ向かったのは、昼すぎである。

旅籠を虱《しらみ》つぶしに聞きまわり、最後の一軒に辿り着いた。

「いらっしゃいまし。お泊りでございますか」

「訊ねたいのだが、元日の晩に医者ふうの若い男が泊まったのではないか」

文蔵は懐の十手をチラリと見せ、強面《こわもて》をつくった。旅籠の者は、一瞬、顔をしかめた。

「御用の筋と拝見しますが、ここは戸塚の代官所が縄張《しま》の内となっておりますので……」

どこの役人か分からない者に、飯盛女の禁を破っていると突かれたくはない。宿場役人には、それなりのものを握らせているのだ。

が、ここで引き下がるわけにも行かず、日も暮れはじめていた。

「なれば、客として泊めてもらおう」

役人であろうとなかろうと、泊めないわけにはいかなかった。迎え入れたなら、一文でも余分に稼ぐところと言われているのが宿場旅籠である。

その夕餉《ゆうげ》に、女中が付いたのだった。

膳を運んで飯をつけてくれたあと出て行こうともせず、あれやこれやと話し掛けてきた。

ひと晩を買ってほしいのであれば、女が出て行かないのは当然である。十七、八の田舎娘は小柄で浅黒い肌だが、悪擦《わるず》れしていなさそうなところに文蔵は親しみをおぼえた。

「今日で三が日は終わるが、正月は客が少なかったであろう」

「お客さんが来んと、夜通し働かされるだよ。空き部屋の雑巾掛けやら、湯殿の掃除。けんど買ってもらえりゃ、今晩は寝られるでね」

女買いなど銭をもらってもしないと決めていた文蔵だが、いかんせん情にもろかった。

「階下《した》へ行き、買われたと申して参れ」

「はいっ」

懐の財布は空でもどうにかなると、十手を形《かた》に後日払うつもりでいた。

紅いろの枕を抱えた女中が戻ってきた。

「お客さんが少ないで、湯に入らんかね一緒に」

女中に言われたものの、文蔵は照れた。役人それも与力の子であれば、女と湯に裸で入るなどあってはならないことである。

が、浦賀から戸塚まで、冬とはいえ汗と埃にまみれていた。引かれるがまま、文蔵は湯殿の人となった。

脱衣場の籠《かご》は、どれも空いていた。若い飯盛女とふたりだけならと、旅の恥を掻き捨てる気になれた。

湯気が立ち昇る中で天井から落ちる水滴が、母親に叱られたような心もちをもたらせなくもなかった。

――分かりゃしない。女を買うつもりはないのだ……。

目が慣れる。湯船に人影が立つのが見え、文蔵はしゃがみ込んだ。

「あれあれ、お侍さまは下帯を締めたままかねぇ」

年増女《としまおんな》の声がした。

確かに文蔵は三尺を締めて、湯殿に入っている。知らぬ土地では、湯に入るときも下帯だけは外すな。これも母親の戒めで、伜は忠実に守っていたのである。

背後から手が伸びて、三尺はハラリと解かれた。

「な、なにを致す」

叱ったつもりのことばに力が込もらなかったのは、別の手が文蔵のいちもつを撫でてきたからである。

「あたしら二人のほかには、誰もおりゃせんで。安心して、身を任すがいいだよ」

「止《よ》せ。これ、止《や》めぬか……」

文蔵が抗《あらが》っても、女たちの手は動きつづけた。

「ううっ。あっ」

体の芯に痺れが走り、年増女の肩をつかんでいた。湯殿の掛行灯《かけあんどん》がいきなり大きくなって見えたとたん、出してはいけないものを放ってしまった。

「………」

女たちの含み笑いが、文蔵の耳を真っ赤にさせ、立っていられず背を向けてしゃがみ込んだ。

されるがままに体を洗ってもらい、素肌に旅籠の寝巻を着せられた。

部屋に戻ると枕が三つ並ぶ蒲団が、敷かれていたのである。

おかしなもので、文蔵は子どもの時分に立ち返った気になった。姉と妹に挟まれて寝た昔だが、与力の家でそうしたことはあり得ないはずだ。とすれば、五歳となる前だろうか。なんとなく浮き浮きと、愉《うれ》しい記憶が甦《よみがえ》ってきた。

文蔵の手は年増の胸に、もう一方は若い女の首にまわされ、なにをするでもなく寝物語がはじまった。

「元日早々、客が揚がらなかったか」

「蘭方医になり損ねの男ね」

ズバリと年増女が答えたので、揚がった甲斐をおぼえた。

「どんな男だ」

「最初からふるえて、役に立たなかったでね」

「役とは」

「こっちが」

女の手が文蔵の股間に触れ、その意味が分かった。

「その気になれぬのに、なにゆえ女買いをしたと思う」

「怖かったんじゃないかしら、独りでいるのが」

「おまえが蘭方医のなり損ねと知った理由は」

「見たことのない剃刀《かみそり》を手に、おかしな真似をするんだもの」

「おかしなというのは」

「着物の裾割《すそわ》って、あそこの毛を剃ろうとするのよ。蹴ってやったわ」

多少のことなら目をつむるが、商売道具をいじられるのはと顔をしかめた。

「剃刀とは先が細くて丸い両刃の、ではないか」

「かたちはそんなだった。でも両刃だかどうかまでは。訊いたら、蘭方医になろうと弟子になったけど破門されたって」

「この先どこへ行くか、聞いてはおらぬだろうな」

「水戸には二度と行かないって、それだけよ」

「――――」

文蔵は攘夷に関わる者だろうかと、目を光らせた。男の人相などを聞きながら、寝入ってしまった。

話し終えた文蔵に、香四郎はニヤリと笑い掛けた。

「女の肌に触れておらぬとは、嘘ではないか」

「いえ。わたくしは触わられたのでございます。ちなみに飯盛ふたりで、三朱の値となりましたことを申し加えます」

「で、やったのか」

「断じてしておらぬこと、申し上げますっ」

呆《あき》れるというより、香四郎は馬鹿な奴と開けた口を塞がずに見せた。が、通じるはずはなかった。

「民助とやら、蘭方医まがいの人相風体《にんそうふうてい》を教えてくれ」

「へいっ。街道筋、それも天下一の東海道の戸塚宿です。日に五十や百の旅びとを目にしていれば、なに者かなんて大方知れるものでございます。宿帳には、江戸下谷大槻俊斎《おおつきしゅんさい》弟子、川井俊弥《かわいしゅんや》と書いてました」

飯盛女のいる旅籠の宿帳に、本名を書く者はほとんどいない。臭《くさ》し坊弁慶とか、亀若丸などと遊ぶものだ。が、追っ手にふるえていた男なら、それとなく本当のことを書いてしまうのだろう。

「どうであった。医者もどきくらいには見えたか」

「真っ赤な嘘とは、思えませんでした。蘭方医者のもつ剃刀があったというのならなおのことです」

「では、その男が娘殺しの下手人であったとして、死んだ女の乳房を切り取ったわけをどう考えような。文蔵」

「仮説ではございますが、人肉を医術のための検分に使おうとしたのではと考えます」

文蔵は人体の腑分《ふわ》けに見られるように、異国の医学は進んでいる。それを自ら試そうとしたのではと、あくまでも医者の向学心を考えての見解を述べた。

「左様なことのため、若い女を殺すとは思えぬ」

「なれば絞殺したのは別の者……、とするのは無理がありますね。ふつう死びとを見つければ、番屋なり奉行所へ走るはずです。やはり、下手人と乳切りは同じ者となります……」

民助がモゾモゾと肩を揺すりながら、なにか言いたそうな素振りをした。

「遠慮なく、申すがよい。民助、怪異な殺しである。与力なんぞより、おまえのほうが奇妙な輩《やから》を数多く目にしておろう」

「いいえ、見てなんぞおりません。と申すのも、手前どもの役目は危ないと思った男を揚げないのが鉄則となっています。いうところの耳年増の男衆であるあっしらは、街道の宿場なればの噂話や風聞流言が元でございます。笑わないで聞いて下さいまし――」

奉行と与力見習を等分に見込んだ民助は、ひと呼吸おいて口を開いた。

「娘を、食いたかったんじゃねえかと」

「馬鹿を申すものではない。飢饉の折でも人肉を食《は》むこと、畜生《ちくしょう》に劣ることとされておるぞ」

呆れたのは文蔵で、なんということをと顔をしかめた。

が、香四郎は身を乗り出し、その先を話せと目で命じた。

「断わっておきますよ、酒の上でのお客同士の与太話《よたばなし》を耳にしただけなんですから……。人を好きになるのが昂じると、心ばかりか身まで独り占めしたくなってしまう奴がいるのだそうです」

「法螺《ほら》に決まっておろうっ」

文蔵が怒鳴ると、香四郎は手で制した。

「ただの嘘とは、言い切れまい。可愛い子に、食べてしまいたいほどだと申すではないか」

「赤子に、限ります。指一本も食べてしまった話など、聞きません」

香四郎は二人に訊ねたいと、寛《くつろ》いだ口調となった。

「猪《しし》なり鹿を食べたこと、あるか」

「ございます。冬場は脂がのってまして、よく宿場には在所から届けられますです」

民助は躊躇《ためら》うことなく答えたが、文蔵は口を引き結んだ。

「与力どのの家なれば、ご法度《はっと》の肉食《にくじき》などもってのほかであろうな」

嫌味を口にしたつもりはなかったが、文蔵は威儀を正して頭を下げてきた。

「浦賀の台場があります平根山《ひらねやま》では寒い日に限り、味噌仕立ての猪鍋と決まっております」

「……………」

おどろいたのではない。香四郎は嬉しすぎてことばが出なかったのである。幕府祖法となる肉食の禁を、浦賀の役人たちは破っていたのであり、公然の秘密となってもいるのだ。

「与力同心一同、懲戒減俸でございますね」

「なんの。おれも猪鍋に、箸持参で加わりてぇな」

「えっ。よろしいのでございますか」

「良いも悪いも旨い物なら、いただくよ。江戸じゃ、山くじらってぇ名で誰もが食ってる。もっとも、冷飯食《ひやめしく》いの身には安くなかったがな」

「弘化も四年目になりますと、幕府禁令のいろいろは、なし崩しとなっているようですね」

「ここだけの話だが、いずれ六十余州のいくつかに、長崎と同じ出島ができるかもしれねえぞ」

「お奉行っ。それだけは、口が裂けても――」

「口が裂けたら、言えなかろう」

香四郎が笑うと、つられたように二人は笑った。

まずは川井俊弥なる男探しだと、師であった江戸の蘭方医、大槻俊斎のところへ人を送るところから取り掛かることにした。

三

三が日がすぎれば、奉行所はいつもどおりになる。幸か不幸か黒船を見ないことで、平穏を見せていた浦賀だが、それなりの苦情が訴えごととして上げられてきた。

浦賀の主たる稼ぎの干鰯《ほしか》売買に、江戸の大店《おおだな》が乗り出してきたことは騒動となった。潤沢な資力にものを言わせ、地元の問屋の取引きに食い込みはじめたという。

狡《ずる》いとは知りつつ、香四郎は加太屋を後ろ楯として買い取らせ、浦賀を守ることで落着を見た。

亭主に殴られて大怪我を負った女房には、鎌倉の尼寺への避難を奨めた。四人の子どもは同心らの手で長持《ながもち》に納め、亭主に内緒で鎌倉へ送った。

その後どうなるかまでは奉行所の仕事ではないが、それとなく人を付けますと言った文蔵に、奉行として手当てを与えた。

清水湊《みなと》から長五郎《ちょうごろう》が約束どおりあらわれた夕刻、二十人ほどの子分を引きつれていたことは大騒ぎとなった。

揃って長脇差《ながどす》に手甲脚絆《てっこうきゃはん》、どの顔も凄んでいたので、奉行所の全員が襷《たすき》を掛けはじめたのである。

「一大事でございますっ。不逞《ふてい》の輩《やから》が大挙し、当奉行所へ殴り込みを――」

香四郎は攘夷の浪士かと思ったが、長脇差と聞いて長五郎にちがいあるまいと落ち着いて出向いた。

「裏口が分からず、ご無礼ながら表門より参上つかまつりました次第、失礼さんにござんす」

「長五郎。無礼で失礼と申すのなら、子分どもの厳つい面構《つらがま》えをなんとか致せ。どう見ても、やくざ者の出入りだ」

「へい。こいつらには無作法をするなと言っておったのですが、逆に堅くなったようで」

すみませんと首の後ろに手をあて、一同揃って長脇差を右手に持つように命じた。

「本日をもちまして清水の長五郎、浦賀奉行峰近右近将監《うこんのしょうげん》さまに帰順。以後、よろしゅうお頼《たの》申します」

与力同心たちの見守る中、二十余名は片膝をついて跪《ひざまず》いた。稽古してきたものか、一糸乱れずの平伏は香四郎を気持ちよくさせた。

たかが博徒《ばくと》、それも多くは無宿人である。にもかかわらず、二百名もの奉行所役人にかしずかれる何倍もの高揚をおぼえたのだった。

――気をつけねばならぬ……。長五郎は人たらしの名人かもしれぬ。

「お奉行に申し上げます。この者どもを、奉行所の捕方《とりかた》として雇いますのでしょうか」

与力の土田吉蔵が、憮然《ぶぜん》として眉間《みけん》に縦皺《たてじわ》をつくり、俠客《きょうかく》なんぞに十手は渡せないとの顔を向けてきた。

「土田、安堵せい。本年より船蔵の賭場《とば》は、この者たちが取り仕切る」

「ま、まことで」と、吉蔵。

「えぇっ。それは」と、長五郎。

同時に目を剝《む》いた。

与力にすれば、賭場のおこぼれがもらえなくなる。俠客のほうは、奉行賭場の見張り番のつもりでいたのだ。

ともに怪訝《けげん》な顔をしたのは当然で、新年早々奉行の朝令暮改《ちょうれいぼかい》に面食らった。

「安堵せいと、申したであろう。清水一家にはご法度《はっと》の博打《ばくち》稼業に精を出してもらい、寺銭《てらせん》の一部は口止め料、いや冥加金《みょうがきん》として与力に納めてもらう」

「となりますと、上がりは六四《ろくよん》か七三の配分となりましょうか」

「胴元のおまえが、すべて裁量致せばよい。その代わりでもないが、幕府の手入れがあったときは、大人しく責めを受けよ。本日をもって、賭場は浦賀奉行所の手を離れた。頼みおくぞ」

「へい。承知いたしました。そこでなのですが、女の出方を売りにするのはそのままで……」

「分からぬ奴じゃな、長五郎。おまえの肚《はら》ひとつ、好きなようにやれ」

香四郎の晴れやかな媚《こび》を見せた目元に、若い俠客の頭目はなんどとなくうなずいた。


庭に月がある。

冴え返った冬の月光が、潮騒の音と相俟《あいま》って射るほどの鋭さを運んできたので、香四郎は訝《いぶか》しんだ。

さほど勘に優れる侍ではないと思うものの、不吉な予感は当たるときが多かった。

峰近の家人に異変はない。とするなら、この胸騒ぎはなんであろう。

──黒船の夜半出没、それはあり得ない。といって湊をあげておこなう一揆打毀《うちこわ》しなら、気勢があがるはず……。

なんともいい難い胸騒ぎが、胸苦しさになっていた。

香四郎は部屋に戻ると、拝領の村正《むらまさ》を手に庭へ下りた。

目を閉じ、耳と肌だけに気をあつめた。

──ここには、なにもない。とするなら、船蔵。

長五郎に譲渡した新賭場は、今夜から開いている。出方《でかた》の娘たちをそのままに、幕開け初日の壺を振るのは政次だった。

またぞろ若い女が殺されるかと、それが気懸りな香四郎は、海水を曳《ひ》いた堀沿いを進んだ。

気は逸《はや》ったが、四方八方に勘を研ぎ澄ませながら向かっていると、殺気に近いものをおぼえた。

朝剃った月代《さかやき》から生えてきた髭のような短い髪が、なにかを感じ取りはじめたのである。

――まだだ……。

鯉口《こいくち》を切ると、庭下駄を脱いだ。

地べたに落ちた干鰯の屑を漁《あさ》る狸《たぬき》一匹さえいなくなっていたのが、殺気の漂いはじめている証《あかし》である。

なに者かに見られているのか、前後左右から、香四郎を離れない目が刺さってきた。

――襲ってこぬのは、なぜ……。

偵察しようと、盗み見ている目ではない。とするなら、罠だ。

落とし穴なり投網でも仕掛けてくるかと構えながら、止まることなく足袋跣《たびはだし》のまま歩いた。

目の前の賭場となる船蔵は、煌々《こうこう》と灯《あか》りが洩《も》れる中で、派手な松飾りが大きな橙《だいだい》とともに誇って見えた。

トン。

橙だけが、落下した。

「でやぁ。だぁっ」

怒声《どせい》が聞こえると、船蔵そのものが揺れた。
蔵の口が開き、われ先に人が出てくる。と同時に、香四郎を見ていたと思えた
者たちが、四方から一斉に賭場へなだれ込んで行った。
「た、叩っ斬れっ」
一瞬に火事場のような騒ぎとなり、船蔵の中が荒れはじめた。胴元が代わった
とたんの、賭場を横取りといった様相である。
清水湊に出向いた同心が長五郎について調べたところ、敵対する一家を叩いた
ことから土地を離れざるを得なくなったとは聞いた話だった。
とはいえ、浦賀で役立ちそうな侠気《おとこぎ》を見せる長五郎を、守りたくなっていた。
香四郎は鞘走《さやばし》らせたが、打ち掛かってくる者がいないのだ。
分かりかねることに、香四郎は太刀を左手に持っている。すなわち、寄らば斬
るぞの体勢を取っているにもかかわらず……。
早くも喧嘩場となっていた。それもヤクザ同士の、出入りにちがいなかった。
――とするなら、おれは奉行ではなく、用心棒と思われていいはずだが……。
果たして、一人の侍が近づいてきたことで、香四郎の疑念は晴れた。
侍は、侍同士でねがいましょう。

これは一家を構える侠客での、暗黙の決めごととなっていた。

今や用心棒を雇わない博徒はなく、腕に自慢の貧乏藩士や浪人は先を競って売り込んでくるという。

なにを措《お》いても、銭《かね》なのだ。

正面に向かってきた侍は、低く声を放った。

「貴公と、相見《あいまみ》えたい」

悠然を体じゅうから発する六尺ちかい三十男は肉づきもよく、少なくとも膂力《りよりよく》では香四郎の上をゆくだろう。

船蔵の壁沿いに、香四郎をいざなってきた。

背を見せて先を歩くのは、おのれの技倆《ぎりよう》に自信があるからにちがいなかった。心して掛からないと、浦賀の町の沽券《こけん》にかかわってしまう。

が、大声を上げて奉行所の者たちをあつめるのは、香四郎の自尊心なるものが許さない。

――おれも漢《おとこ》だ。

香四郎は負けを思うことなく、清水一家を勝たせんがため立ち合う肚《はら》をつくった。

堂々とした体軀《たいく》の用心棒は、余裕でふり返った。そして、口元を弛《ゆる》めた。

「打ち込んで参られい、お若いの」

寝間着ではないが、香四郎は役宅での普段着である。どう見ても、用心棒にしか思われなかろう。そればかりか鞘走ったままなのであれば、先手必勝を頼みとする若造に見られたにちがいない。

ましてて髪の豊かな香四郎は、夜となると月代がかなり伸びるのであれば必然、新参の用心棒とされてしまっていた。

相手の力倆が分からないものの、舐めてくれたことで隙《すき》が生まれるかもしれないとも考えた。楽観は禁物だが、香四郎はあえて若造ぶりをつくろうと棒立ちになった。

「参りますっ」

足袋跣の香四郎は、スッと一歩出た。

いきなり先手を打たれたかたちの侍は、泥濘《ぬかる》んでいた地面と知らず草履《ぞうり》を取られ、一瞬の躊躇《ちゅうちょ》を鋭かった眼光に露呈した。

稲妻ほどの閃光《せんこう》を放ちながら、香四郎の村正は闇の中で音のない唸《うな》りを立てた。

「――」

敵の大きな体が沈み、敵の左腕が付け根から、顔の四半分ほどと一緒に刎ね上がった。

天下の妖剣《ようとう》、村正の威力である。

下段の構えから斬り上げた腕前より、太刀の切れ味の凄さにおどろいた香四郎だった。

力を込めていない上、どうした加減か怒りに燃えていなかったためか、太刀筋に一寸の揺れも生じることなく村正は働いたのである。

——なるほど、妖刀とされるはず……。

感慨にふけるまもなく、背後にバラバラと敵が地面を蹴ってきた。

ビュン。

長脇差が横殴りで、香四郎の腰を襲う。ヒラリと躱《かわ》し、村正を振り下ろす。子分の手には、刃《やいば》を斬られた柄《つか》だけが残された。

次はと見込んだ香四郎の眼つきに、敵は散ってしまった。

船蔵の賭場に戻ると、十数人が逃げてゆくのが目にできた。

出入口から抜き身を握った長五郎が、半眼に開いた目に兇暴な光をこもらせてあらわれた。

「長五郎、大事ないか」

「お奉行でございましたか、大将を討ったのは」

「大将と申すのは」

「沼津の勘次郎《かんじろう》、通称沼勘という元侍で、一家を構えていた男です」

「侍の、俠客親分と」

「俠客とは名ばかりでして、兇状《きょうじょう》もちで銭の亡者です」

人に倍する鼻は銭の匂いに敏《さと》く、沼津で高利貸をしていた盲人を闇討ちにした勘次郎は、土地の道場主だった。

ところが博打好きが昂じて、借銭《しゃくせん》が増える。すぐに高利貸を頼り、やがて矢の催促。道場の弟子が次々と去ってしまえば、返済できなくなっていた。

「銭貸し座頭《ざとう》を斬り捨てたわけですが、それをあっしがしたと触れまわりやがって……」

知らぬまに長五郎は兇状もちとされ、勘次郎はまんまと高利の銭をチャラにした上、一家を立ち上げたのだとひと息で語った。

「その銭の匂いが、ここ浦賀から漂った」

「へい。それも開帳初日に、乗り込んできやがったのにはおどろきました」

清水の子分らが、敵は尻尾をまいて逃げて行ったとあつまってきた。

「虫の息となっている沼勘は、どうしましょう」

「往生させて、どこぞに埋めてやれ」

長五郎のことばに、子分たちがうなずいた。

「大勢逃げたようだが、またやって来よう」

「いいえ。敵の大将を討ち取れば、将棋と同じで、投了ってやつでさぁ。それより、政次さんの働きには目を瞠《みは》りました。さすが江戸の臥煙《がえん》は、意気地《いきじ》が良くて活きがいい」

まさか初日早々踏み込まれると思いもしなかった清水一家は、浮き足立って対応できずに押し込まれた。

壺を振っていた政次だけが、気配にいち早く気づいて客を逃がし、盆茣蓙《ぼんござ》を盾《たて》に応戦しはじめたという。

「政次は大丈夫なのか」

香四郎が訊く前に、政次は子分の肩を借りた恰好で出てきた。

顔の半分は血だらけであるものの、歯を見せて笑っている。

「奮戦したようであるな」

「いけませんや。旗本家に居つづけたことで、体が鈍《なま》っちまってました」

「仕方ない。しばらく養生するのだな。壺振りは――」

「壺を振らせて巧いお人は、奥方さまでしたぜ」

「止《よ》せ。奉行の手を離れた賭場である上、旗本の室をいかがわしき場になど、出すわけにはゆかぬっ」

「殿さまは本気になると耳を赤くして、声が高くなりますから、可愛いや」

「か、可愛いとは――」

「冗談が口から出る政次さんに、大事はないでしょう。そこでお奉行、ひとつ願いがございます」

「おいまは出さぬぞ、長五郎」

「分かっておりますさぁね。願いというのは、政次さんを拝借、いえ貰い受けたいのですが、いかがでござんしょう」

香四郎は血だらけの政次に目を向け、ことばだけ長五郎に掛けた。

「そうか、政次を欲しいか」

「悪いように、というより代貸《だいがし》となって、うちの一家をまとめていただきたいのです」

長五郎のひと言を聞いたとたん、政次の目が輝いた。

旗本家の下男より、大所帯を抱える俠客の片腕のほうが、元臥煙の任に適しているのは誰の目にも分かることだった。

「政次。本日をもって暇を申し渡す。行く先は勝手次第、よかろう」

「ありがたく、申し付けられましてございます」

譲渡の交渉は即決し、長五郎は満面の笑みをうかべ、香四郎の血刀を袖で拭いた。

高いところに昇っていた月までが目を細めているように思え、香四郎は笑い返した。

四

与力見習の土田文蔵が聞きつけた不審人物の正体が、江戸から戻ってきた若い同心の調べによって割れたのは、小正月の午《ひる》。

「江戸下谷の蘭方医、大槻俊斎の弟子であった川井俊弥にまちがいないと思われます」

人相風体が一致する上、メスという洋刀を持参していたこともまちがいないようだ。俊弥は破門されたのだという。

「破門の理由は」

「メスにて病巣なるところを切り取る技に長《た》け、それが獣《けもの》にまで、とりあえず犬や猫とのことですが、手をつけはじめたので、師の俊斎どのの逆鱗《げきりん》にふれたゆえとの話でした」

同席していた文蔵と食客《しょっかく》の宇田川興斎《うだがわこうさい》は、大槻一門が外聞を怖れたからだろうと言い足した。

「ただでさえ蘭方医は、妖術まがいのことをすると噂が立っています。そこへ犬猫とはいえ、いたずらをする者が出てきたとなれば、名医は当惑するに決まっています」

「俊斎は名医か」

「はい。父の榕菴《ようあん》が申すには、六十余州一であろうとのことでした」

大槻俊斎は陸奥に生まれた四十になる蘭方医で、諸藩が召し抱えをねがう第一は藩主の侍医としてだが、長崎の修業時代に砲術まで身につけたことも、引く手あまたの理由になっているとのことだった。

「高島秋帆《しゅうはん》どのから、教えを受けていたか」

「そればかりか、先年の蛮社《ばんしゃ》の獄《ごく》にて断罪された渡辺崋山《かざん》や、高野長英《ちょうえい》と親交があったお人でもあります」

脱獄中の長英の名が出て、香四郎は川井俊弥との関わりがあるのではと口にした。が、江戸へ出向いた同心は首をふった。

「わたくしも考えましたが、長英が投獄されたのは八年も昔。川井はまだ弟子にもなってないはずです」

「左様か。となると、猟奇《りょうき》を致した男となるが」

「りょうき、でございますか」

若い同心が首を傾《かし》げた。

「うむ。仕官を望む者が働きかけるのを、猟官と申すであろう。奇妙な猟《あさ》り方を、猟奇という」

「仕官をねがう武士が、女の乳房を切り取って――」

「馬鹿野郎っ。そんな奴を、誰が採用するか。猟奇とは、もって生まれた性癖《せいへき》だ」

「せいへきとは」

「女の体のどこに執着するかだよ」

文蔵が笑いながら説明すると、若い同心は顔を赤らめた。

余り年のちがいはなかろうが、思いのほか文蔵は世馴れてきたようだ。

「おまえの性癖は、なんだ」

「さ、さて……」

「女親を想う乳か、おのれが出てきたぼぼか。豊かな髪から爪先まで、どこである」

与力見習は笑いながら、同心を問い詰めた。

「堅物と見ていたが、与力見習の土田も意外なことを知っておる。文蔵、おまえはどこに執着する」

「えっ、その。お奉行こそ、どこでございましょう」

「………」

一瞬の静寂に香四郎が吹き出すと、居あわせた者たちはなんとも言い難い困惑を顔に見せた。

「言わぬが花と、いたそうぞ」

気を取り直した若い同心が大槻俊斎は今、長沼藩医ともなっていますと言い足した。

「――――」

長沼と聞き、香四郎は色めき立った。正式には常陸府中藩、水戸松平家二万石は御三家水戸の支藩である。

「考えすぎだとよいが、天下の蘭方医どのが水戸ご老侯に取り込まれたとするなら、攘夷一派との関わりもあり得る」

香四郎の考えに、興斎が異《い》を唱えた。

「わたくしが知る限り、大槻先生は蘭学一途で世事に疎《うと》いお方ではありますが、横車に押されて仕官なされたとは思えません」

ここで各々《おのおの》が勝手に想いを巡らせても意味はありませんと言い、興斎は江戸下谷の診療所へ行って俊斎どのに確かめて参りますと、善は急げとばかりに立ち上がって出てしまった。

「有難いな。食客は無為徒食《むいとしょく》となりがちだが、宇田川は見上げた男ぞ」

年が改まっても、香四郎の周囲に人材を呼べる者がいてくれる。どれもが福ノ神であり、守護神と思えて大笑いした。

――出世とは、身分や銭《かね》ではなく、人なのだ。

守られるだけでなく、立てられ、ときに持ち上げられることで、自分も発奮する。

「お奉行。新年の呵々大笑《かたいしょう》、役人一同の励みになりましてございます」

「文蔵。美辞麗句を言い立てるところだけは、父親ゆずり。断わっておくが、左様な飾りことばを喜ぶ奉行ではないと知れ」

なんのことかと、与力見習は目を白黒させつつ、表向の役所勤めに戻っていった。

入れちがうように、表門の番方同心が来客を告げにあらわれた。

「江戸より、お使者か」

「いいえ。お武家ですが、脇玄関にあらわれまして、香四郎どのをと」

奉行とも峰近とも言わず、下の名を出してくる者の見当がつかない。

「その侍の名は」

「訳あってと申されましたので、客用の小待合《こまちあい》に入っていただいております」

「うむ」

正月明けに客があって不思議はないが、名乗らぬ者であることに合点《がてん》がいかなかった。

――まさか、高野長英……。

意気込んだものの、脱獄した蘭学者が香四郎の名を知っているはずもなく、あれこれ思いを巡らしながら廊下を進んだ。

襖《ふすま》の取っ手に指を掛け、鬼が出るか蛇が出るかと、いつものつぶやき丁半で開けた。

――勝負。

壺振りではあるまいかと思うものの、なんの目が出るか、このひと言に勝ることばはなかった。

「おぉ、やはり香四郎だったか」

「新八郎《しんぱちろう》、であるか――」

二年ぶりの再会となった相手は、部屋住《へやずみ》仲間で同い年の大川新八郎である。

長身で眉が八の字を見せる遊び人で、冷飯食《ひやめしく》いの身は長兄から小言をもらってばかりと嘆いていた男だった。

「峰近の名を耳にし、珍しい姓ゆえと訪ねて参ったのだ。香四郎、大した出世だな」

「なぁに、巡り合わせさ。新八郎は相州へ、なにゆえ」

赴任であれば、それなりの恰好であらわれるはず。しかし、一見して不遇を託《かこ》つ身と知れた。

安物の野袴《のばかま》に袖のすり切れた縞木綿《しまもめん》、帯も手垢で薄汚れている。とうとう勘当され路銀《ろぎん》をせびりに来たかと、貧乏神の出現にそれなりの受け止め方をすることにした。

「ご覧のとおりの有様は、出奔《しゆつぽん》さ」

「勘当されたのではないのか」

首を傾げて問う香四郎に、新八郎は手を頭の後ろにまわして苦笑いをして見せた。

「やっちまったよ」

「なにをだ」

「女に決まっておるではないか」

「姦通《かんつう》か」

「そこまでの度胸、持ちあわせてはおらぬ。三つ年上の後家どのと、懇《ねん》ろになってござる」

平然と茶化すような口ぶりをしてくる新八郎に、昔のままの暢気《のんき》さは少しも変わらないと思った。

「おまえらしくもない。後家なれば、わけなく縁を切れるであろう」

「はじめは切ろうと思ったさ。ところが、仕官はもちろん、養子の口などもう無理となってしまうと、生涯を肩身の狭い実家の厄介者のままで過ごさざるを得ないと分かってくる。おれが手にしているのは、後家どのの肌の温もりだけと気づいたのだ。笑ってくれ、千石の奉行どの」

誰であっても人知れず武家の後家と付合うことなど、できるはずのない世の中だった。旗本の部屋住野郎と、がまんのできない淫乱女。こうした噂が立てば、火となって燃え広がるものである。

なにをおいても幕臣は、家の名折れと激怒する。男も女も家を追われ、その晩から住むところを失うものだった。

町人であれば人の好い親戚が救いの手を差し伸べてくれようが、武家は体面を重んじるばかりで、敷居すら跨がせてくれなかったという。

「それでもなにがしかの銭を恵んでくれたが、いつまでもとは行かぬ。香四郎を見習って多少でも精進しておれば、こうまではならなかった……」

「精進など、しておらぬ。たまたま兄が病弱だったことで、孝行者に見えただけだ。新八郎とは、同じ穴の狢《むじな》さ」

香四郎は嘘いつわりなく、真実をつぶやいた。

が、新八郎はうつむいたまま、ひと言も返してこなかった。

恵むのではなく、働き口を見つけるまでの銭を貸そうと、香四郎の財布を取りに廊下へ出た。

婆衆《ばばしゅう》の一人おつねが、やって来るところにかち合った。

「お客さまが、おいでてでございますか」

「うむ。昼の膳でも、仕度してくれるといいが」

「いいえ。お客さまの連れあいと仰言《おっしゃ》る方が、炊出口《たきだしぐち》で――」

深刻を顔にあらわした女中は声をひそめ、倒れていますと囁《ささや》いた。

浦賀奉行所の炊出口は、裏門を意味する。

おそらく一緒に駈落《かけお》ちした女は、新八郎を待っていたのだろうが、滋養も十分でない身に寒さは耐えられなかったのか、倒れたとなると重篤であろう。

香四郎はおつねに引かれるまま、炊出口へ走った。

用人おかねと門番たちが、女を門脇《もんわき》の番小屋に寝かせたようだ。

「――。ふたりか」

女の横には赤子が泣きもせず、ぐったりとした様を見せていた。

「医者は」

「もうじき来るはずです。このお人が懐《ふところ》に赤子を抱えていたのを、わたくしたち気づけませんでしたのです」

「貰い乳を――」

おつねが言うのを、おかねは婆衆が手分けして湊《みなと》まちに散っているからとうなずいた。

生まれて十日とたっていないだろう。香四郎は番町の邸《やしき》に捨て置かれていた養女おみねの姿を重ねた。

が、ここには女親がいる。しかも、意識はあるようだ。

「おえいっ」

駈けつけた新八郎が、声をふるわせた。

「医者を呼んである上、貰い乳も探している。新八郎、おまえの子か」

「恥ずかしながら、おれの娘だよ。おえいには、子がなかった。腹が迫《せ》りだしたことで、ばれたのだ」

ただの火遊びでなく、不義の子を孕《はら》んだとなれば、武家にとっての立場は当然なくなる。放逐とされたのがうなずけた。

医者と、若い女親が来たのと、風が吹きはじめたのは同じときである。

「母子を役宅へ」

赤子に乳を含ませ、医者が急務の手当てをし終えると、ふたりを戸板に乗せて役宅のひと部屋に移した。

しばらく様子を見るほかないが、まずは食事をと言い置いた医者は帰っていった。

運び終えると、暖冬らしい雨となった。

改めて見る新八郎は、二十四だというのに鬢《びん》のあたりが薄く抜け、頬がこけていた。

因果応報のことばが、嘘だと思えた。

――もとより放っておいても、行き詰まりだった男と女が、真に生きたいと足掻《あが》いたのではないか。人の道に外れてはおらぬ。

侍それも旗本家に生まれただけで、理不尽な目に遭ったのだ。ましてや、生まれ来た子に、罪はないのだ。

とするなら、応報のはずなどなかった。

香四郎は廊下の柱にもたれると、足を投げ出してすわった。部屋住のころ、よくやったのを思い出した。

そこへ赤子の泣き声がして、目を上げた。

「生きろ、生きろよ」

叫んだつもりの声は、雨にかき消されていた。

〈三〉老中、浦賀に来訪す

一

久しぶりに、井戸の水汲みをする香四郎《こうしろう》となっていた。

奉行所内の役宅が人手不足だったわけではなく、何杯もの水を必要としたからで、婆《ばあ》さん女中たちより早いはずと自ら申し出たのである。

かつての部屋住《へやずみ》仲間が連れ込んだ母子、とりわけ赤ん坊は産湯にさえ使っていなかった。

——子が生まれるとは、こうしたものか。

香四郎は張り切った。いそいそと、力を込めながら、それでいて零《こぼ》すまいと丁寧に汲んだ水を台所へ、両天秤で運んだ。

「あれまぁ。殿さま手ずからとは、赤子も恐縮するだねぇ」

婆さん女中の一人おちよは水桶を受け取ると、竈《かまど》にのせた大鍋に注ぎ足した。隣の竈の炊き口では男親となった大川新八郎《しんぱちろう》が、火《ひ》吹竹《ふきだけ》でしきりに火を熾《おこ》している。

遊び人がこうまで変わるものかと見つめていた香四郎は、おちよに尻を叩かれた。

もっと水をとの催促である。

「済まぬ」

空の桶を手に、井戸端へ向かった。

つまらぬ感慨にひたる余裕があるなら、体を動かせ。働き者揃いの七婆衆《しちばばしゅう》の、金言となっていた。

「熟慮断行は、史記にもある侍の心得ぞ」

この秋、用人おかねを前に奉行が胴元となる賭場《とば》を開くべきかと、悩んだ香四郎である。そのとき一笑に付されたのを思い出した。

「阿呆《あほ》くさ。あんさん独りがどないに悩んだとて、どなたはんも気にも掛けまへんで。まず動く、そうすると人様はなにかを察して応じます。考えるなんちゅう徒《あだ》なこと、今どき遅れを取るばかりでおますぇ」

「……。悩みは、徒労と申すか」
「とろうやのうてとろくさ、でおますがな」
婆衆を見倣《みなら》えと、誰もが認める一日じゅう手足を休めない連中の凄さを言い立
てられ、賭場の開帳となったのだった。
が、香四郎の癖なのか、感動をすると思いに耽《ふけ》ってしまうのだ。
冬場の井戸水は温かいとはいうが、冷たいことにまちがいはなく、袖や裾《すそ》へ掛
かる水に顔をしかめながら、奉行みずから手足を動かした。
正月四日、早くも親子三人は快復を見せつつあった。
おえいという母親も赤ん坊も頬に赤味がさし、新八郎は物思いに沈むことなく
飯のお代わりを差し出すまでになっていた。
「遠慮しておったのは分かる。困ったときは、相身互い。先行きが見えるまで、
客分として居ろよ」
力づけたつもりが、新八郎に武士の矜持《きょうじ》をもたげさせてしまった。
「おれ一人どころか、足手まといが二人。それも足弱となれば、先行きは知れて
おる。世話は有難いが、奉行の外聞にも関わって、峰近《みねちか》の面目が立たなくなるで

返したかった。

はないか。まさか役宅で、薪割《まきわ》りでもせいと――」

薪割り仕事など侍のすることではないと思うのがまちがいだと、香四郎は言い返したかった。

水汲みでも庭掃除でも、下男たちと汗をかいてやればいい。もちろん「侍ともあろう者が」との陰口は立つ。が、そう言ってくるのは身分にしがみつく者だけである。

そうした評判に耐えられないのが、武士という厄介な連中なのだ。

武士は食わねど高楊枝《たかようじ》こそが、男をがんじがらめにし、政《まつり》ごとまでを硬直させてしまっていた。

が、口で言っても、はいそうですかと改まるものではなかった。香四郎も二年前であれば、同じだったろう。

「しばらくは、役宅内で暮らしてくれ。母子が元気になるころには、おぬしの仕官先をなんとかするよ」

「十日、半月で、どうにかなると申すか。奉行どの」

「いくらなんでも、そこまでは。医者の話では、養生に五十日余。おぬしの仕官には最低でも、ふた月ほどと考えている」

「――」

新八郎は本気なのかと、目を剝《む》いて見せた。

「もっと早くしたいが、新参の奉行では伝手《つて》となる幕臣が少ないのでなぁ」

偽《いつわ》らざる本心で、老中の阿部伊勢守や南町奉行の遠山左衛門尉《さえもんのじょう》を頼れば難なく事は運ぶかもしれない。が、人材登用として試されている身の香四郎である限り、口利きをすべきではないと考えた末だった。

「峰近のみが、聞かされておらぬのかな」

「なにを」

「えっ。なにをと問われても、これぱかりは……」

目を剝いていた新八郎が、顔をしかめて困った様を見せたので、香四郎は膝を乗り出した。

客分の新八郎は、頭の後ろに手をあてた。

「口は災いの元とは、まさしくこれか。いやぁ参った、参った」

「おぬしが聞いた話とやらを、申せっ。一旦、口の端《は》にのせたのだ。侍なれば、最後まで申せ」

今度は武士身分を盾に、香四郎が詰め寄った。

「飯をつけるお女中がおるところで、話してよいか」

「構わん。峰近家には、隠しごと無用とされておる。堂々と言ってもらおう」

「一膳めし屋で、と申したいが無銭飲食を致すわけにゆかぬ。その勝手口で物乞いもどきをしようとした程ケ谷《ほどがや》の宿場で、おれは浦賀奉行の峰近さまがということばを耳にした。それで恥もなくあらわれたのだが……」

新八郎は残飯をもらうのではなく、嬰児《みどりご》に重湯でもと裏手にまわった二日前の晩に聞いた話をしはじめた――


「この節の浦賀の湊《みなと》は、結構な繁昌だとか。それもこれも、峰近というお奉行がとんでもねえことをおっぱじめたからだと聞くが、本当だったとはの」

「まちげぇねえです。こちらの大将が聞いたまんま、でかい賭場を仕切り、懐《ふところ》にした寺銭《てらせん》を上にも下にも握らせてるって、みんな言ってました」

土地の名主らしい長老が、使い走りに命じていたことらしく、程ケ谷宿の博打《ばくち》客《きやく》が浦賀へ流れていることを嘆いているようだった。

めし屋の主人が、ほうらと口を挟んできた。

「街道筋の噂に、与太話《よたばなし》はありませんよ。峰近って奉行は若い素人女に客の相手をさせ、二重の儲けってえのも確かでしょう」

「てえことは、沼津の俠客《きょうかく》が乗り込んで横取りしようとしているって噂も、まちがいありませんや」

使い走りも、口を挟んだ。

「相手が奉行となれば、いくらなんでも討入りなんぞできまい」

「それが今年から、無宿の俠客を貸元に据えて、奉行は胴を取るだけになったそうです」

「呆《あき》れたもんだね。開いた口が塞がらないとは、これだ。千石取りの、奉行だろうに」

「名主さん。これは、うちに客で入った道中奉行配下のお役人が洩らした話ですけどね。この二月、浦賀奉行の首がすげ替わるそうです」

「幕府も見るところは、見ているね。罷免《ひめん》、更迭《こうてつ》ってやつだ……」

新八郎の姿が目に入り、三人は一膳めし屋の中に消えた。

仕方なく峰近の名を頼ることとし、浦賀まで足を運んだ新八郎だった。

罷免のことばに、香四郎は二ノ句を継げず、口の中が乾くのをおぼえた。

──あと三十日余で奉行職を追われ、無役寄合《むやくよりあい》の身……。

役高千石は返さざるを得ないが、それで済むかどうかである。

「天下の御法度《ごはっと》、博打に手を染めるばかりか、女郎屋まがいまで」

旗本の監察役である若年寄は詳しく調べもせずに、香四郎へ遠島を言い渡すにちがいない。

ましてや黒船はあらわれず、外国奉行の役割を見せること一つできなかったのだ。

「峰近なる若造は、異人を博打に誘い込んで丸裸にすればよいとでも考えておったのではないか……」

「おそらく遊女を抱えるのも、裸にした異人を骨抜きにしようとの魂胆《こんたん》ですかな」

幕府評定所で笑われることまで想像でき、手先が冷たくなってきた。

「大丈夫か、香四郎。いらざる話を、聞かせてしまったようだが──」

「なに。街道に耳役となる小者を、配しておかなかったおれの失策。後ひと月もないとは……」

「噂だろ。風聞なんぞ、外れることもある」

慰められたが、その噂どおりに沼津から乗り込まれたのだ。これほど確かな風評もないのだ。

ほんの少し前に、身分にこだわらず働かねばと新八郎を勇気づけようとした香四郎だった。が、失職どころか重罪とされるかもしれない自分に、打ち萎《しお》れた。

ふらふらと廊下に出たのは、上気した顔を冷やすつもりだった。しかし、冷やすどころか、血の気が失《う》せてゆきそうなことに気づいた。

——情けない。

たとえ死罪とされても動じないのが武士の心意気であろうと、おのれを鼓舞《こぶ》してみても、駄目なものは駄目だった。

知らぬまにあらわれていた。周りが明るんでいる気がしたのは、小さな娘がいたからである。名を呼んだ。

「おみね」

数え三つの養女は、ふくよかに穢《けが》れなく育っていた。

じっと香四郎を見上げたまま、泣くでも笑うでもなかった。

目鼻だちの整った顔が、大人びて見える。美人になるかもしれないが、可愛さで和ませるような娘ではないようだ。

「…………」

勝手な想いをふくらませながら、見上げる娘と見下ろす養父は、必然にらめっことなった。

また泣き出すだろうと、香四郎は能面のように無表情でいた。

が、おみねは動じることなく、雑木林の中で出遭ってしまった狸《たぬき》そっくりの様子を見せた。

すなわち狸であれば「シッ」と言えば去る。あるいは一歩踏み出すだけで、逃げてゆくものである。

ようやく歩けるようになった幼児《おさなご》だが、ピクリとも動かない上に、瞬《まばた》きもしないでいた。

ここで若い養父は、分からなくなってしまった。

仲良くしたいと近づいてきたのなら、やさしく包み込むべきだろう。その包み込むということさえ、見当もつかなかったのである。

「降参。わたしの、負けだ」

香四郎は膝を折り、頭を下げた。

「あらまぁ、おみねが勝ったのですね」

笑いを含んだ声は妻女おいまのもので、娘を抱き上げると、勝鬨《かちどき》を上げるような仕種をした。

「黙って見ておったのか。人の悪い奥方だ」

「おみねは自分より小さいのが来て、姉さまになりましたのです」

かつての同輩新八郎が赤子ともども転がり込んだことで、三歳の幼女に変化をもたらせたという。

怖がっていた香四郎へはどうかと、試されたのである。

「心ここにあらずの様子をなさる貴方《あなた》へ、おみねが気づかったのですよ」

「わたしが放心して見えたと――」

妻女のぱっちりとした目が半眼になったことで、嘘は通じませんよの念押しがされた。

とはいえ、半年も経《た》たない奉行職お払い箱の沙汰を、ここで嘆いてみせられないのが、香四郎の男としての矜持だった。

「正月休みで滞《とどこお》っておった雑務を、今の内に……」

おいまと目をあわせないよう、横を向いたまま用部屋へ向かった。

二

俗に「姫はじめ」という。

元日の晩に、あるいは二日にするという者、中には三が日を避けて四日にいたすのが正しいなどと諸説さまざまだが、男女問わずその年に初めて交わることが姫はじめだというのはまちがいない。

香四郎にとってなにひとつ不足のない妻女おいまを相手に、峰近家の継嗣《けいし》をつくるための床入る夜となっていた。

香四郎は大晦日《おおみそか》の猟奇殺人があったことで、おいまは気味わるく思っているのではと、三が日の媾合《こうごう》を控えていた。

これが徒《あだ》になってしまった。

浦賀奉行として、あと少ししかない。それも罷免《ひめん》されるとなれば旗本身分は剝奪され、島流しか良くても甲府勤番。

おいまの実家である公家今出川《いまでがわ》は、離縁を切り出してくるのはまちがいなかろう。

「幸いなことに、種なしゆえ子もない。妹は美形の姫ゆえ、迎える家はいくらでもある」

京都で有力な公卿《くぎょう》の一つ今出川家の当主は、香四郎を馬の骨であったと見切るのだ。

——そうならぬためにも、子づくりを……。

気負ってみたところで、勃《た》つものが役にならないとなれば、男とは言えなくなっていた。

図太い以上に、能天気な香四郎ではなかったのか。天下を広く見渡し、異国へ雄飛すると誓ったはずが、出世の階段を外されることで、身も心もずたずたに裂かれてしまった自分が情けなく思えた。

が、肝心ないちもつは、まったくもって役に立ちそうになかった。

据え膳の好物、ご馳走が喉を通らない。

いつ始まるのかと、やさしく目を閉じている妻女が、暖まった部屋に襦袢《じゅばん》一枚で横たわっていた。

行灯《あんどん》の火が薄桃色の紙を通す中、ほんのりと麝香《じゃこう》が焚かれ、潮騒だけが間遠に耳へ届くのが、この世ながらの龍宮城となっている。

にもかかわらず、勃たないのだ。

――しっかり致せっ。

叱咤するほど、いちもつは項垂《うなだ》れた。

いつもの夢であれと念じたが、まぎれもない現実だった。

死罪を言い渡されたわけではなかろうと思うそばから、「死罪なれば尚のこと自分の種を残そうとするのでは」と、もう一人の香四郎が囁《ささや》いた。

おいまの横に身をすべらせ、目をつむる妻女を薄灯りの中で見つめた。

非の打ちどころのない顔とは、一つ一つのかたちではなく、均整という配分の良さをいう。その逆が正月の遊び福笑いで、引っくり返るほどの醜女《しこめ》ができ上がるのが好例だろう。

が、香四郎の妻女は、吉祥天女に弁財天を掛けあわせた観音さまを見せる福笑いだった。

神々《こうごう》しくて手が出ないのなら分かるものの、腰の周囲はいつまで経っても熱を帯びないでいた。

来てくれたのに手が伸びてこないと、おいまは目を開けた。

どうかしたかの顔をされ、香四郎は曖昧《あいまい》な笑いを返してしまった。

「気にしません。旦那さまに、側女《そばめ》ができたのでしょう」

「誓って、左様なことは断じてない」

「では、わたくしに飽きましたか」

「飽きるなど、あり得ぬっ」

とんでもないと吠えたような香四郎の声に、おいまは身を起こし、夜具を脇にすわり直した。

問い詰められたら、口を割ってしまうのではないか。が、男として弱みを晒《さら》したくなかった。

なにも言うまいと口を閉じたとき、おいまの冷えた手が香四郎の股間に伸びてきた。

もとより下帯を着けていないのであれば、寝間着の裾《すそ》を割って入った冬どきの冷たい指先は、いちもつに触れたのである。

「あっ――」

稲妻に打たれたことなどないが、そんな衝撃が全身を走った。

触れてきた指は、まぎれもなくおいまのものだ。信じ難い光景が眼前に広がってきた。なんと妻女の指が香四郎のいちもつを、弄《もてあそ》びはじめたのである。

巧みなものではなく、稚拙《ちせつ》だった。しかし、懸命な仕事ぶりは、香四郎におどろきと愉悦をもたらせてきた。

「お、おいま。そのような真似、どこでおぼえた……」

「御城の大奥、にて」

顔をそむけて、消え入るほどの声を洩らす様がいじらしく、夫は愉悦を申しわけなさに転じてしまった。

それでもいっこうに屹立《きつりつ》を見ないので、諦めたと思ったときである。

若妻が覆い被さった。同時に生温い感触が、香四郎を襲ってきた。

「――――」

なんということをするのだ。江戸城の奥では、かような秘儀まで教えるのかと起き上がろうとしたが、腰に力が入らなくなった。

世辞にも巧いとは言えないものの、公家の姫君だった女がする振舞いではなかろう。

「よ、止《よ》せ。もう、よい。顔を上げてくれ」

離れた妻女の口元が、滑《ぬめ》って妖《あや》しい光を放った気がした。

「下手で、申しわけございません。もっとお稽古をして、いつかきっと――」

「そうではないのだ。なんと申せばよいか、その、似合わぬのだよ」

「では、なにを致すと似合いますか」

「似合うとか様になるとかは、人それぞれ。おいまには……」

香四郎の躊躇《ちゅうちょ》に、おいまは襦袢をかなぐり捨てると、裸になって立ち上がった。

「これではいかがでしょう」

「いや、それは」

「なれば、こうなります」

丸裸の若妻が犬のように四つに這い、尻を振りはじめたのを、香四郎は押えた。

「頼むから、左様に仕掛けないでくれ。おまえの心遣いは、痛いほど知った。おいまは人形、それも活《いき》人形のままでいてほしい」

「じっとしているだけの女《お》なごは、魚河岸《うおがし》の鮪《まぐろ》と言われて蔑《さげす》まれるのだと大奥にて教えられました」

大奥の伏魔《ふくま》殿《でん》ぶりと、将軍の権威を改めて思い知らされた。

「鮪でよい。美しい人魚というやつだ」

「にんぎょとは、どのようなものでございましょう」

「海に棲む菩薩にして、龍宮城の乙姫と聞いた」

「金魚ではございませんね」

「うむ。異国では女の神と崇《あが》められ、憧れの的らしい……」

高島秋帆《しゅうはん》を武州岡部に送る折、蘭語の蔵書にあった絵を見て女の半身魚と教えられたのを思い出した。

裸の若妻に寝間着を羽織らせたのは、とうとう勃起しなかったからにほかならなかった。

「風邪を引くぞ」

ほかのことばを見つけられず、香四郎は奉行更迭《こうてつ》を言い出せないまま、種なし男以下に成り下がった身を嘆きながら床に就いた。


いつもの夢を見たのは、その直後のことである。

江戸城に呼び出され、月番の若年寄を前に平伏する香四郎は「罷免」と言い渡されたとたん、喉が乾き目の前が真っ白になった。

「…………」

「ならびに官位剝奪《はくだつ》、石高三百に減ずるに止《とど》まるは、上様のお慈悲なる」

「かしこまりましてございます」

どうにか返答できた香四郎だったが、袴《はかま》を着けていないことに気づいたばかりか、裸同然の身で登城していることに目を剝《む》いた。

下帯ひとつ、寝間着に肩衣《かたぎぬ》という間抜けな姿である。

体を起こせば無礼な恰好を咎められ、減らされた三百石も取り上げられるかと、香四郎はできる限り身を折った。

すると下帯の脇に、松茸もどきが顔を出してきたのを見るに及んで押し込んだ。が、ムクムクと勃ってくれれば、手に負えなくなっていた。

若年寄が覗き見て、呆《あき》れ顔をする。

「峰近はあり余る精力の、使い途をまちがったかの」

「さ、左様なことはございませんでして、昨夜も妻《さい》を前に男として駄目であったばかり……」

「なるほど。それゆえ京都の今出川家より、離縁の申し出が参っておったわけか」

「三下《みくだ》り半は、男の側から女に突きつけるものでは――」

「当節は長屋でも、無筆《むひつ》の女房が半紙に三本線にチョンと半分を書き足し、出て行けと言い渡すそうな。そちの妻女は堂上家《どうじょうけ》の出なれば、尾羽《おは》打ち枯《か》らした旗本の言いわけを聞く耳など、あろうはずもない」

しばらくすると、峰近家の菩提寺で、香四郎は代々の墓前に額《ぬか》ずいていた。

「兄上。詫びなければなりません。家名を汚し、禄高を減らされ、あまつさえ甲州の地へ参れば、二度と戻って来られないでありましょう。いずれ、わたしもここに入ります。なに一つ持たず、手ぶらで彼岸へ渡るわたしをお笑い下さい」

泣き笑いとなった香四郎が顔を上げると、長兄の面影が目に映った。思いも掛けないことばが、香四郎の口を突いて出た。

「とは申せ、今しばらく兄上と話しあうことはできません。それまで、わたしは思い切りやって、やって、やりまくることに致します」

先刻まで打ち沈んでいたというのに、どうした風の吹きまわしか勇躍してみせるとのことばが出たのだ。

下帯ひとつの姿で立ち上がり、誰より好きだった長兄の眠る墓石に抱きつくほどにすがりつき、石に齧《かじ》りついてもとのことばはこれかと気づいたところで、目が覚めた。

「――――」

正夢であれと、香四郎はねがった。

すやすやと横で眠るおいまを、生きた女《によ》菩薩とすれば、自分は抱けなくてあたり前の衆生《しゅじょう》と考えることにした。

更迭まで、ひと月も残っているではないか。それまでは奉行だと、刹那《せつな》の夢に勇気づけられた。

――菩薩の神通力に、ちがいあるまい……。

おいまの、呪文を唱えだしそうな、ふっくらとした唇。髪の生え際には、風水を知る無数の気孔。富士額は、神鏡そのものに見えてきた。

奉行として、眠る暇はないのだ。菩薩を起こさぬよう音を立てずに立った香四郎は、夜半の用部屋へ向かった。

廊下を行くと、襖《ふすま》ごしに灯りが洩れていた。

こんな刻限にと、香四郎は足音をしのばせて火の点《とも》る中を覗き見た。

与力見習の土田文蔵《つちだぶんぞう》が、古い綴《つづ》り帳に見入っている。その横顔は悲嘆を一身に背負う仏そのものだった。

香四郎は小さく咳払いをして、襖を開けた。

「お奉行――」

「熱心だな。夜更けてまで、文献を漁《あさ》るか」

「はい。豆州下田に奉行所のあった時分からのものを調べていますが、肉片を切り取るような事例は出てきません」

浦賀に移る前、下田奉行所が海の関所となっていた。

「漁師や水夫《かこ》らは荒っぽいとされるが、直情なだけなのであろうな」

「もう調べるのは止めます。明日には興斎《こうさい》どのが戻るでありましょうから、川井《かわい》俊弥《しゅんや》のことが少しは知れてくると信じております」

文蔵が思うと言わずに、信じると言ったことが嬉しかった。

知らぬまに、夜が明けかかっていた。

男として役立たずとなったのを嘆いている内に寝入ってしまい、夢を見たのは払暁《ふつぎょう》に近かったのだ。

「そなたは今日、非番であったはず。床に入って、寝坊を決めるがよい」

「夜を徹してしまうと、なかなか寝つけるものではありません。台場となっている平根山《ひらねやま》へ登り、清々《すがすが》しくなるのを常としております」

「同伴させてくれ。わたしは朝焼けを見たい」

「はい。では、参りましょう」

雨つづきの三が日だったことで、初日ノ出を拝んでいなかった。

香四郎は普段着に厚手の羽織、足袋《たび》に下駄を履いて外へ出た。

薄暗いとはいえ、提灯《ちょうちん》は不用だった。小高い丘へ向かう道は、泥濘《ぬかる》んでいる。

雑草の生える小径を進むと、松柏《しょうはく》のあいだを通る上り坂となり、木陰に隠れていた褐色は狸《たぬき》の母子づれで、香四郎たちを見て逃げていった。

名を知らぬ鳥が囀《さえず》る中、砲門を設《しつら》えた台場と見張小屋があらわれた。

いち早く番方の同心が駈けより、頭を下げてきた。

「なんぞ、ございましたか」

「大事ない。朝日を浴びたくなったまで」

見張台へと、木組みの梯子《はしご》を上がる。顔から首、肩のあたりに寒さを感じたが、眼下に広がる大海原は思いもしない歓喜を香四郎にもたらせた。

雲に隠れて日輪は定かでないが、よく目にする夕焼けの茜色《あかねいろ》とは異なる赤色は、心を躍らせ思わず声を上げてしまった。

「まさに黎明《れいめい》ぞ」

「新しい世の、はじまりになりますか」

「うむ。やって来るのではなく、取りに行くのだ」

自分でも信じ難いことばが出て、香四郎は意味もなく笑いだし、文蔵をおどろかせてしまった。

浦賀奉行にもかかわらず、朝焼けに染まる海を知らないでいたのだ。

ほどなく周囲は明るみ、台場の奥に黒瓦の屋敷が見えてきた。

「警固役の川越藩邸は、あれか」

「はい。もう五年になりますものの、藩士を年々減らしておるようです」

幕府は異国対応の加勢にと、川越十七万石の松平家に相州《そうしゅう》警備を命じていた。

財政難は百五十名ほど移ってきた藩士の数を、半減させたという。

が、御家門《ごかもん》の松平への不服は言いづらいのか、警固は手薄になりつつあった。

「他藩を追加していただくように、上申していただけませんでしょうか」

「さてな。黒船の砲門を相手にする役目を、ふたつ返事で受ける藩があるかどうか……」

陸《おか》にいる大勢の侍を、精巧な遠眼鏡をもつ異人が見れば、かえって闘う意欲を煽《あお》ってしまうのではないか。香四郎は増員することに、賛成しかねた。

三

江戸へ行き、下谷の蘭方医大槻俊斎《おおつきしゅんさい》の周辺をあたっていた通詞の宇田川《うだがわ》興斎が戻ってきたのは、午《ひる》まえのこと。

ひと目見ただけで、憔悴《しょうすい》しきっているのが分かった。

「浮かぬ顔を見る限り、得るものはなしか」

「まず申し上げますのは、当地にて娘の乳房を切り取ったこと、川井俊弥にまちがいないと思われます。ところが昨日の朝、大川に架かる両国橋下にて斬殺体となって晒《さら》されておりました」

「晒されていたと」

「首から木札が垂れ下げられ〝この者 異人の剃刀《かみそり》にて娘の乳房を切り落とし 不届至極の黒船かぶれ也〟と書かれてあったそうです」

「死人に口なしでは、どうにもならぬな……」

「それが、そうでもないのでして――」

口ごもった興斎が先を言おうとしたところに、外から駈けつけた番士が声を上げた。

「申し上げます。まもなく幕府御用船が、着岸。お出迎えを」

「――――」

前ぶれもない来訪に嬉しい報せのあるはずもなく、香四郎は更迭《こうてつ》が早まったかと出迎えの正装に着替えた。

船着場に出た香四郎へ、眉間《みけん》に皺《しわ》を寄せる興斎は耳打ちした。

「お心を強く」

「分かっておる。奉行の罷《ひ》免《めん》であろう」

「えっ」

知っておられたのですかの顔をした興斎を見て、香四郎は決して動じまいと肚《はら》を据えた。

浜には役人が揃い、葵紋の御用船から艀《はしけ》に乗り移ってくる役人を待っていた。

奉行の香四郎を見るなり、いったいなにごとでしょうと問い掛けてきそうな顔は、どれも不安そうだった。

いよいよ異国の軍船が戦《いく》さを仕掛けてくるのか、はたまた交易の要求を受け入れて従順になれと太刀を取り上げられるのではないかといった疑心暗鬼が、渦をまいているにちがいない。

浦賀奉行所内でも、役人たちは攘夷と開港の二派に割れていたのである。上の台場から、与力見習の中島三郎助《さぶろうすけ》が下りてきて、信じ難いことを言い放った。

「下船なされるお方は、ご老中伊勢守さまと思われますっ」

三郎助の手にした遠眼鏡に、阿部家の紋である違鷹羽《ちがいたかのは》が認められたと確信を口にした。

「――。若年寄の、どなたかであろう」

「老中首座の阿部伊勢守さまに、まちがいございません」

幕臣旗本の監察役である若年寄ではなく、老中直々《じきじき》に来訪した理由が分かりかねた。切腹なり死罪の申し渡しでも、若年寄なのである。

――となると、いよいよ開戦、それとも開港か。

奉行の首をすげ替えるのではなく、浦賀に築城し、新たに大名を据えるのではないか。城主となれば、香四郎の身分では不足なのは言うまでもなかった。

艀《はしけ》の中ほどに阿部伊勢守正弘がいるのを、香四郎は見つけた。とり立てて勇んでいる様子はなく、いつものやわらかな無表情である。

瓢鯰《ひさごなまず》の渾名《あだな》どおり、捉えどころのない融通を身につける老中は、決して怒らず、さりとて簡単に同意もしない威丈夫として通っていた。

笑う、にもかかわらず目の奥は冷めている。気の毒がるものの、自助せよと突き放す。かと思えば、訴えを聞くつもりはないと言って、裏で援助金を出すような男だった。

そんな天下びとが、浜に下り立った。

「急な来訪に、おどろきましてございます」

「わたしも、浦賀まで参るつもりはなかったのだが、老中首座といえど台慮《たいりよ》には抗《あらが》えぬ」

「台慮と、仰《おお》せられましたか」

帝《みかど》の心もちを叡慮《えいりよ》、将軍のそれは台慮という。すなわち家慶《いえよし》が阿部正弘に、浦賀へと命じたのである。

「ふた刻《とき》ばかり船に揺られしゆえ、まだ足元が定まらぬ。話は、のちほどにいたそう」

先に歩きだした伊勢守だったが、香四郎は前に立ち奉行所の客座敷となる上段之間へと案内した。

刹那《せつな》、曇っていた空から一条の陽が射し、奉行所という本舞台へ進む名題《なだい》役者の、花道となった。

むろん香四郎は、露払いでしかない。

江戸どころか、街道より遠く離れた浦賀奉行所に、客を迎える上段之間が設《しつら》えてあったのは役に立っていたのだ。こうした日のために、設えられていたわけである。

すわったなり伊勢守は、おかねどのもこれへと峰近家の用人の同席をうながした。

香四郎ひとりでは、心もとないと判断されたにちがいなかった。

若年寄ではなく、老中みずからが将軍の命《めい》を受けてあらわれたのである。罷免や知行の返上くらいでは済まず、切腹を言い渡されるとすれば、香四郎はなにをしでかすか分からないとされたのだ。

狂乱した奉行が「ご無体《むたい》なりっ」と、脇差を払うことも考えられる。

もちろん供侍《ともざむらい》として、伊勢守には番士が従っていた。が、抜き払った脇差の持ってゆきどころに窮するなら、おかねを餌食《えじき》にすればよいと見られたのだ。

「気のふれた峰近は、見境いなく腰の物を抜き、居あわせた用人を手に掛けてしまった」

このひと言で、旗本の面目も立つとの配慮と思えてきた。

「峰近。女用人どのをここに」

老中はふたたび命じた。

「いいえ。大丈夫でございます」

「分からぬ奴じゃな。用があるのは、おかねどののほうにである」

「わたしでは、力不足と仰せでございますか」

「確かに峰近ひとりでは、どうにもならぬこと。なんでもよい、呼んで参れ」

口元をわずかにほころばせ、伊勢守はことばだけで怒った。

成り上がりの新参奉行へ、切腹という酷《こく》な沙汰を下すのであれば、用人を通して婉曲に伝えるものかもしれない。それにしても軽く見られたと、香四郎は頬をふくらませながら役宅へ入った。

おかねを除く六婆衆《ろくばばしゅう》が、それぞれ鏡に向かって粧《めか》し込んでいたのにはおどろいた。

「――。おつね、いかがした。伊勢守さまへ、茶菓を出すがよかろう」

「只今すぐ、揃って参りますです」

「なにも、大勢で行くものではあるまい」

「誰が出て行くかとなりまして、みんな手を挙げたのでございます」

「手を挙げるとは、なんだ」

「お役者並の天下びとを、間近に見られるんですもの」

色目を見せて微笑《ほほえ》んだのは、おちよだった。

「だからと申し、婆さんが化粧したところで、阿部さまが手を握ってくることはない」

「…………」

六人とも怖い顔をしたまま、返事もせずにおつくりに余念ない。

盆の上に湯呑や菓子鉢《ばち》、急須などを載せてきたのは、おかねである。

「これを六等分して、順ぐりに行きなはれ」

「はぁい」

若く華やいで陽気な返事は、秋の空と同じ女ごころだった。

──婆《ばあ》さんも女、であったな。

口から出そうなことばを呑み込んで、香四郎はおかねへ伊勢守さまがお呼びだと告げた。

「ほな、着替えんとあきまへんな」

おかねが名指しで呼ばれたことに、六婆たちは羨望《せんぼう》の目を向けたのはいうまでもなかった。

用人も含め、香四郎が罷免されて腹を召すことになるとは思いもしないばかりか、深刻さなどまったくないのだ。

が、考えるまでもなくこの先、働き者の婆さんたちであれば奉公口などいくらでもある。妻女おいま以上に、峰近の家を離れても困ることなどなかろう。

運のない妻女で美しい才媛《さいえん》おいま同様に、婆衆が引く手あまたなのは、火を見るより明らかだった。

「男なれば潔《いさぎよ》く死に、さようならと参る」

みずからに言い聞かせ、作り笑いをしてみた。

「殿さま。どこぞ具合がいけませんですか」

おつねに作り笑いを痛みと勘ちがいされ、潔く死ねそうにないのではと怖くなった。

「かように膝をつきあわせ話すのは、久しいことであるな、かね子どの」

「昔の名で呼ばれますと、若返った気になります。伊勢守さまは、寺社奉行でございました。感応寺《かんのうじ》の一件で、辣腕《らつわん》をふるわれ――」

「止《よ》さぬか、昔話など」

香四郎も知っている感応寺一件とは、先代家斉《いえなり》公の寵愛《ちょうあい》を笠に着た大奥の一派が、法華《ほっけ》の寺への寄進にかこつけて私腹を肥やしていた騒動である。

阿部正弘は寺社奉行として、将軍家を傷つけることなく裁いたことで老中に昇進したとは、もっぱらの評判だった。

出世とは、機を見るに敏《びん》であるを肝要とす。

そう言われたことはないが、機を見ても鈍でしかなかった香四郎は、よくて切腹、わるいと死罪。これはいただけない。

浦賀であっても市中引き廻しの上、磔刑《はりつけ》となって錆《さ》びた槍の餌食《えじき》となる。侍の身分は取り上げられ、罪人の汚名を着る。竹矢来に囲まれ、湊《みなと》じゅうの者たちから罵声《ばせい》を浴び、石つぶてを投げられるのだ。

――となれば、おいまも婆衆も、引き取り手が出てこないことに……。

武家の当主という立場の重さに改めて気づいた香四郎は、膝がふるえるほど青くなった。

「殿さまには、いかがなされましてか」

「いや、その、なんであるゆえ……」

香四郎は自分のことばを、遠くに聞いている気がした。

老中のことばが、かぶさった。

「かね子を呼んだのは、ほかでもない。御城へ、上がってくれぬか」

「――」

女が江戸城へ行けとは、大奥をおいて考えられなかった。香四郎もおどろいたが、おかねも返すことばがないほど困惑の色を顔に見せた。

「この伊勢の頼み、と申すより上様の台慮であるのだが、聞き届けてはくれまいか」

「上様のと仰せなれば、従います」

きっぱりと言う用人の横顔が、男のようだ。

――部屋住《へやずみ》だった四男坊とは、出来がちがう……。やはり有能な者は、女でも引く手あまたなのだ。

用人が大奥奉公となれば、おいまも六婆衆も罪の連座に問われないで済むかもしれない。

香四郎は目の前に一条の光が射すのをおぼえ、顔を上げた。

「うむ。峰近も、同意してくれたか」

「峰近香四郎、もう思い残すことはございません」

「そこで言い渡さねばならぬ。峰近は、この一月をもって、浦賀奉行ご免と致す」

「噂ではありましたものの、とうに聞き知っておりました」

嘘をつくくらい、よいだろう。どうせ先の知れた身なのだから、昨日知ったことでも前から分かっていたと言うくらい、罪もなかろうの心もちだった。

「次の奉行は、戸田伊豆守。おぬし以上に異国事情に詳しいばかりか、与力の中島父子とも折にふれ連絡を取りあっておったそうな。ゆえに、引き継ぎ無用となる」

伊勢守の無用と言い切ったことばに、香四郎への断罪を強くおぼえた。

配下の与力が、奉行を差し置いて通じ合っていたのだ。奉行の存在そのものが、無用だったことでしかない。

「戸田どのでございましたか。昌平坂学問所での英明ぶりは、有名です」

美濃大垣十万石の戸田家に連なる旗本で、駿府《すんぷ》奉行となって赴任しているはずだった。

「伊豆守も、西へ東へと申しわけないほど動かされておる。人材の登用なんのと誰もが口に致すが、戸田ほどの引っ張り凧《だこ》は稀《まれ》であろう。暮まで駿府におったが、この正月に日光奉行、席の温まるまもなく来月より浦賀となる」

「ひと月ばかりで、異動に……」

「仕方あるまい。東照宮の日光より、ここ浦賀のほうが重要でな」

「この峰近の役立たずぶり誠に申しわけなく、切腹を覚悟しておりましたところです」

磔刑より切腹ならば名は保たれると、香四郎はみずから切り出した。

「峰近の覚悟を聞き、老中首座として安堵できた。かね子も承知したなれば、おぬしとしても御役《おやく》の仕甲斐《しがい》があろう」

「えっ、御役でございますか――」

香四郎は牢屋与力でもと、色めき立った。床の間に掛かる軸物《じくもの》の宝船が、輝いて見えた。

「いかが致した。不服か」

「滅相《めっそう》もなきこと。いかなる御役であれ、この峰近、誠心誠意お仕《つか》え致します。

して、どのような役を」

「大奥に、と申しても御鈴《おすず》廊下より先へは半歩たりとも入ることはならぬが、峰近には柳営奥向目付《りゅうえいおくむき》になってもらう」

柳営とは、幕府をいう雅語《がご》だ。

「お、御城の奥向、その目付とは――」

「上様直々《じきじき》の、密命なるぞ。名目は、御台様広敷番頭《みだいさまひろしきばんのかしら》。並びに、将軍側衆《そばしゅう》を兼帯することになる。むろん、老中支配下である」

「……。側衆と申しますのは、かの田沼意次《おきつぐ》さまが兼ねていた御側用人でございますか」

「――――」

阿部伊勢守は用人おかねとポカンとした顔を向けあい、呆《あき》れ返った笑いをして口を開いた。

「香四郎。ものを識《し》らぬにもほどがある。側用人は大名、それも譜代に限られる。おぬしが賜《たまわ》る側衆は御側御用取次《おそばごようとりつぎ》といって上申書などを扱うのだが、上様に近侍《きんじ》する小姓らも束ねることも承知してもらう」

「わたくしが上様の、御尊顔を間近に……」

「精々《せいぜい》身だしなみを気遣い、鼻毛など、まちがっても見せるでないぞ」

カラカラと笑った伊勢守だが、眉間《みけん》に皺《しわ》を作り言い放った。

「年の瀬のことと聞くが、浦賀に奇妙な殺しがあったこと、奉行として頭を悩ませておろう」

「はっ。奉行交替の日まで、目鼻をつけるつもりです」

「浦賀にいるだけでは、これ以上の進展は見ぬ。どこまで調べが通んでおるか知らぬが、裏には攘夷一派が絡《から》んでおると知れ」

「水戸の支藩に関わる蘭方助手が、下手人として浮かんでおります」

「うむ。その一件もあり、峰近を大奥に近づけるのが、この度の異動である」

伊勢守は脇息《きょうそく》を膝の前に動かし、その上に両肘《りょうひじ》を置いて話しはじめた。

「なにを隠そう、おぬしは攘夷一派の標的とされておった……」

異国は江戸に近い浦賀を、最重要港として入船する機会をうかがっている。

それを打払うべしと攘夷の連中も、浦賀に人を送りつづけていた。賭場《とば》が襲われたのも、大半が攘夷絡みだったとは、香四郎も知るところだ。

今回の乳房切り取りは、常州長沼藩の攘夷一派による画策に相違ないとされ、藩医の大槻俊斎の弟子で破門になった川井俊弥に、医師として仕官させてやると持ち掛けたという。

医師に資格は無用であり、天下の名医の弟子を名乗れば推薦者次第でどこにでも入り込めるものだった。

「浦賀奉行所に波風を立てるには、蘭方医が奇《き》っ怪《かい》な惨劇を起こすのが手っ取り早い。やはり異国の妖術《ようじゅつ》など、神国六十余州に入れてはならぬとな」

「なるほど、浦賀は上を下への大騒ぎとなりました。しかし、なんと手の込んだ仕掛けを……」

不運だったのは殺された娘ばかりか、洋剃刀で切り取り、橋下に吊された男も同じなのかもしれない。もっとも、男のほうは欲を掻いた末だが、それに付け込んだ側がすべてにおいて上まわっていたことになる。

「側衆を兼ねる御台様広敷番頭役、頼みおくぞ。上様の下命、伝えおいた。御免」

「あの、広敷番頭とは――」

「用人かね子に聞いておくがよい。それと役宅の始末も、しておけ。江戸では、もとの番町邸《やしき》がそのままになっておる」

忙しいと言うと、伊勢守は湯茶を一口飲んで出て行った。

「おかね。ご老中と話らしい話もしておらぬと見たが、分かっておるのか」

「二百年この方、江戸城大奥の困りごとなど少しも変わっておりまへんがな」

「いうところの派閥争いか」

「そないなもの、女同士の話でおます。幕府ご老中はんの悩みの種は、出銭《でぜに》の多さでしかおまへん」

「銭遣《かねづか》いを押えろと、このわたしに……」

「しっかり頼んまっせ」

引越すと皆に伝えなければと、おかねは出て行った。

「上様に近侍するのだぞ。広敷での役というのは――」

声を上げても、用人はふり返りもしなかった。

四

奉行職は取り上げられた。が、罪一等をまぬがれた気にしかなれなかった香四郎である。

与えられた役が、あまりに難解なだけでなく、相手が女ばかりという底知れぬ強敵だからであった。

いったい阿部伊勢守は、なにを考えて香四郎を人選したのだろう。

――転がり込んできたおまえのほうが、よほど役柄に適しているのに……。

中庭に出て赤子をあやす昔馴染みの新八郎に、ことばにしない語り掛けをした。

「新米の男親というのは、よいものか」

「よいとか厄介とか、決めつけるものではない気がする。分からないながら、この子もわたしだということさ。昔の俺もこうされていたと、ようやく気づいたよ」

大川新八郎は生まれた娘に、おこうと名付けた。香四郎の一字をもらったのだが、俗にいう目に入れても痛くないのは嘘だとも言った。

が、子どももまた自分であるとは、言い得ているかもしれない。

武家は男児が生まれると鯛で祝うが、女児は昆布に鰹節《かつおぶし》くらいで済まされる。どこがちがうのだと、新八郎は言っているのだ。誰だって、女親から出てくるのではないか。

「香四郎。老中が来訪したところを見ると、一大事のようだな」

「おまえの聞いたとおり、更迭《こうてつ》だった。しかし、次の御役《おやく》はとんでもなく厄介となりそうだ」

江戸城大奥の目付役をふられたと話し、手のほどこしようがない相手だと苦笑いした。

「出世が見えるではないか、香四郎」

「馬鹿を申せ。二千人もの奥女中を相手に、できることなど考えもつかぬ。新八郎は、昔から女に強かった。一つ、ご指南をねがいたい」

答など出せまいと、お道化《どけ》た香四郎だったが、新八郎はケロリと言い返してきた。

「たった一つさ。目の前にいる女を心から崇《あが》め、貴女《あなた》よりほかの女は見るも穢《けが》らわしいと、ことばと所作で示すのだ」

「見目《みめ》うるわしき中臈《ちゆうろう》ばかりではなく、大奥のほとんどは婆《ばあ》さんか小女《こおんな》だろう」

「おまえは若い頃から、それだ」

「それだとは」

「糞《くそ》真面目にすぎるのさ。皺《しわ》だらけの婆さんならば、亡き母の面影を宿されておられますと涙のひと粒でも流せ。小便くさい小娘には、江戸の水にて洗えば大店《おおだな》の嫁に引く手あまた、この峰近が輿入《こしい》れ先を物色して参ろうとな」

「嘘泣きをした上に、純な娘を騙せと」

「ちがう。嘘で泣いてはならぬし、輿入れ先を探さなくてはならぬのだ。本気になって母と思い込み、市中の大店に声を掛けてまわれ。いいか、一流の役者を名指し、まめになれ」

「嘘などいずれ、ばれてしまうであろう」

「よいではないか。盗みを働くのではないし、女にしてみればいっときでも夢を見られるじゃないか」

「夢――」

「分からん奴だなぁ、香四郎。確か、おまえは猿若町《さるわかちょう》の芝居茶屋に目付としていたと申したな」

「まぁ、いたことはいたが」

美貌の茶屋女将《おかみ》にふられたことを思い出して、香四郎の声はくぐもった。

「いい芝居は、見物客の誰もを酔わせる。しかし、物語も役者も嘘だ。それの、どこがいけないと申す」

一生は一幕の舞台とのことばが、香四郎に甦《よみがえ》ってきた。

「そうであった」

香四郎が晴れやかな顔を上げると、新八郎は顔をしかめた。

「やられた」

「なにを」

抱いていた赤子を濡縁に寝かせ、新八郎は襁褓《おしめ》をと中へ入ってしまった。

放っておかれたものの、おこうという赤子は泣かないでいる。

双親《ふたおや》の苦労を知っていると、聞きわけのよい子に育つのだろうか。そんなことを思いながら、黙って見下ろしていた。

「おい、香四郎。左様な強面《こわもて》を作っては、娘が怖がるではないか。今申したように、煽《おだ》ててやれ。美人さんになるぞとか、おこうのような娘は今にいい亭主がつくとか」

手馴れた様子で襁褓を替える新八郎は、しきりといい子だ可愛いぞと声を掛けつづけた。

「実の娘をも、騙すか」

「馬鹿野郎」

ひと言を口に、新八郎は汚れた襁褓を香四郎に放ってきた。

「まぁ申しわけないことを」

横あいから汚れ物を手に引き取ったのは、新八郎の妻女おえいである。

やって来たときに比べ、随分と明るくなっていた。という以上に、もともと陽気な気質《たち》なのだろう。御家人の妻であったという割には、町家の女房を見せた。

「新八郎、おえいどの。ふたりして聞いてほしい。芝居の話が出たからなのだが、猿若町で出直してみぬか。いや、武家を捨てられぬと申すなら、別だが」

「芝居町で、わたくしどもにできることがございますでしょうか」

「嫌《いや》かもしれぬが、芝居茶屋の仲居を。ご亭主は小屋の裏方とは行かぬだろうから、茶屋の手代見習かな」

「やる。やらせてくれ。いっときは二人して死のうと決めた。ところが、腹が迫《せ》り出して諦めたのだ。子連れで乞食になるくらいなら、下足番でも女中でもやる」

夫婦してうなずきあったのが、香四郎には嬉しかった。

「ゑびす屋という茶屋に、わたしの書いたものを持って行け。なんとかしてくれるだろう。あと半月もすれば、おれは浦賀を離れる。それまでは養生かたがた、海辺の役宅にいればよい」

なんとも一人合点《がてん》な話ではあったが、今の香四郎にできることはこれよりほかになかった。芝居茶屋へ持たせる一筆は、その気にさせる物語を作ろうと、芝居戯作者にならねばと心した。

冬の陽ざしが雲間から洩れ、赤子が笑った。

その晩、おいまを交えた香四郎とおかねの三人が、文机《ふづくえ》を中にしてすわった。江戸城の大奥がどんなところか、香四郎が識《し》るための学びの場となっていた。文机の上には白い半紙が束になり、筆と硯《すずり》が置いてある。

「まずは、大奥六千四百坪の設《しつら》えを知っていただかねばなりません」

「そうは申すが、火の手が上がっても男子禁制。わたしが知ったところで、役には立つまい」

「役には立ちませぬものの、女たちの暮らしぶりを知る手掛かりにはなるでしょう」

「おいまさまが仰《おお》せのとおりでございます。この度の御役目は、一つには大奥の出銭《でぜに》を減らすことでありますが、朝廷の介入が大きな懸案と考えねばなりません」

「攘夷の話が、大奥に――」

ここでもまた、開港するか排斥《はいせき》するかの攘夷が口の端《は》にのぼった。

「伊勢守さまにとって、水戸の老侯に口出しをされるのが迷惑なのです」

「しかし、水戸と大奥は関わっておらぬと思うが、ちがうか」

香四郎の疑問に、女ふたりはやっぱりと目を見合わせた。

「大奥は今、三派に割れていると以前申しました」

「憶えておる。法華《ほっけ》と都と、そうだ御三家御三卿の九重《ここのえ》があった。それぞれが上様に近くあろうと、鎬《しのぎ》を削っているとな」

「その各々《おのおの》に谷町《たにまち》が付いているとは、お考えになりませんか」

「谷町とは援護する者、すなわち金蔓《かねづる》……」

香四郎には、大奥は侵すことのできない聖域だった。ところが、ずっと昔から入り込める場となっていたのである。

銭《かね》という、なんにでも効く万能薬によって。

「よろしゅおますか、大奥ちゅうところにおる者は、廓《くるわ》に売られたお女郎とはちがいますが、これも籠《かご》の鳥でおますぇ」

楽しみといえば、食べること、着る物。これに飽いたら遊ぶことだが、部屋内で双六《すごろく》をしたり、札を取ったり取られたりでは、大人の女たちは保たない。

といって芝居見物も花見も、年に一度あればよいほう。市中に出廻る新刷りの浮世絵、絵草子なども限りがある。

谷町は、その不満につけ入っていた。

「百年以上も昔、贔屓《ひいき》の役者を長持《ながもち》に隠して大奥へ運び込んだのは、御城の外にいた谷町でございましたのです」

絵島生島《えじまいくしま》事件は、香四郎も知っている。それは露見して罪となったが、肝心の男女とも遠島で済んでしまった。おそらく仕組まれたものであり、大奥の粛清《しゅくせい》を狙った遠隔操作が谷町の手によってなされたのだと、おいまは言いきった。

「似たようなことは、今もあるのではないか」

「禁を犯せば、死罪。そこまでする者は、大奥にはおりません」

かつて大奥にいたおいまは、断言した。

「食べるに苦労しても、部屋住《へやずみ》さまは暢気《のんき》でおますがな。一方、世の中には命を賭けねばならん者が、仰山《ぎょうさん》おますぇ。牢から出てきた者、借銭《しゃくせん》地獄に堕ちた人、部屋住仲間でおられた新八郎さまかて、死ぬつもりでおったとか。谷町の手先になりまっせ」

あんたは甘ちゃんと、おかねにことばの裏で言われてしまった。

「商いに支障を来たした大店も、起死回生を狙うなら危ない橋を渡るか」

「そうでおます。すなわち大奥は、行きどころを失った連中にとって、生き残る舞台になりますがな」

谷町とか、生き残るのことばは、香四郎に加太屋誠兵衛《かぶとやせいべえ》を思いおこさせた。

おかねとしゃべっているあいだに、おいまは絵図を描き上げていた。

細長い部屋割の一つが御年寄之間で、上手くない図ですねと照れた笑いを見せた。御年寄とは大奥の老中と言われ、奥女中の筆頭である。

「先代家斉公より今もなお、瀧山《たきやま》さまが就いておられます」

香四郎は鰻《うなぎ》の寝床のような部屋を見て、やたらと仕切られていることに首を傾《かし》げた。

「この一つずつに、世話をする奥女中が住むか」

「いいえ。ここここにも階段がございまして、部屋方の者はみな二階に寝ます」

「二階……。この一区切りの、広さは」

「六部屋とも八畳、ほかに客間、物置、井戸、湯殿が二つ、台所、厠《かわや》は三つございました。階下だけでざっと七十畳ほどと思います」

六千余坪の大奥であれば、二千人もの奥女中を呑み込めるはずだと香四郎は思いを至らせた。

まさに将軍には龍宮城であり、御年寄のほか上﨟《じょうろう》や中﨟など上の者にとっては大名同然の暮らしなのだ。

「お殿さま。その数万両の出銭を半分にすることから、はじめなければなりません」

「無理を申すな、おかね。半減することなど、とてもできぬ」

「でありますゆえ、白羽の矢がお殿さまへ」

「…………」

呻《うめ》くしかなかった。

出世とは難題を解き明かした先に、待っているのだ。

が、もう出世など目になかった。峰近家を継いだときの無役五百石が、どれほど心地よかったかと二年前を思い返した。

「もう一つ申上げるのは、水戸をはじめとした攘夷を大奥に流布させてはならぬことでございます」

「なぜだ。京の朝廷は諭書《ゆしょ》まで送り、攘夷を推し進めよと伝えたのだ。おいまも公家の娘、とすれば主上《おかみ》の意に沿うのではないか」

香四郎の理屈に、おいまが膝を進めて目を向けてきた。

「あなたは、攘夷に賛成ですか」

「いや。正直なところ、開港すべきと考えておる」

「であるなら、わたくしも」

「公家の娘が国を開けと」

「はい」

「格下の夫に随《したが》うことはない」

「いいえ。異国と争って戦《いく》さをし、勝ったところで次の戦さを見るのが世の中の道理《ことわり》ではありませんか。勝てば済むのが戦さ、というものでしょうか」

妻女のことばに、香四郎は唸《うな》ってしまった。

どんなものにも勝ちをよしとする男と、負けを怖がらない女。この差を、ようやく気づいた。

男と女のちがいではなく、もっと別な何かなのだ。

その考えで言うなら、大奥の女たちの多くは勝ちを求める男になる。敗北をよしとせず、きっと荒れ狂うにちがいあるまい。

粛清は正しい。

奥女中たちを、もとの女に戻さねばと思いを至らせた。

「よかろう。この峰近香四郎、堂々と御城へ乗り込み、女たちを解き放ってみせる」

香四郎の宣言に、女ふたりはなんとも言いようのない顔をした。そこへ廊下の向こうから赤子の泣き声がして、三人は笑いあった。

海からの夜風が部屋ごとにしのび込み、淀んでいた温もりを流し去ろうとしている。

おかねは火鉢《ひばち》に炭を足し、おいまは衿《えり》を掻きあわせた。

赤子は泣き止《や》んだ。母親の乳房に、温められたのだろう。

浦賀の役宅は、女ばかりだった。食客の新八郎も、女となっていた。香四郎は女たちに囲まれて良かったと、嬉しくなった。

まちがいなく、今夜から勃《た》つ。

〈四〉さらば、浦賀

一

ただぼんやり香四郎《こうしろう》は、おいまとおかねが手描きしてくれた大奥絵図を、熊十《くまじゅう》と眺めていた。

「確かとは申しかねる曖昧《あいまい》な図であるのは、六千坪を上まわる広さ総《すべ》てを知ることなど、とてもできないからのようだ」

大奥に勤めする女には、身分が厳然と定められているばかりか、各々《おのおの》の役割に限りがあるとも言われた香四郎だった。

「将軍お手付となり得る奥女中なれば、おのずと動ける範囲は狭められる上、派閥が三つもある中では廊下をすれちがうのも嫌うらしいな」

香四郎は熊十を相手に、女ふたりから聞いたままを、眉間《みけん》に皺《しわ》を寄せながらつぶやいた。

「それにしても、広いなんてものじゃござんせんね。あっしのいた吉原の里は、地べたを入れて二万坪ほど。そこに暮らす者が一万人で、客はその三倍と言いますからね」

吉原の廓見世《くるわみせ》で番頭をしていた熊十は、混み具合がちがいすぎると舌を巻いて見せた。

「おまえたち男衆《おとこし》も含め〆《しめ》て一万人だろうが、三千遊女の倍ほども女中などおるものか」

「遊女三千とは、昔の話。去年の暮に町奉行所が数えたところ、女郎だけで七千人を上まわっていたそうです」

「七千……。そんなに身売りされる女が、多くなったのか」

「きっと警動《けいど》が入って、深川や根津など江戸中から送り込まれたんでしょう」

警動とはご法度《はっと》の私娼窟《ししょうくつ》となる岡場所への手入れのことで、女たち全員が官許の吉原預りとなるのが決まりとなっていた。

売れそうな女は見世に出すが、客の付きそうにない者は女中として働かされた。

「となると今は、一万五千もの者が暮らすか」

「混みあっていますが、選《よ》りどりみどり。お安くいたしますですと、薄利多売ってやつになります」

生き残るためとなれば、男も女も必死になるのが古代から変わらぬ廓稼業だと笑った。

「二万坪に暮らす者が、一万五千。それに比べ、こちらは六千四百坪に、一千だ」

「えっ。奥女中さまは二千と、聞きましたけど」

「用人おかねの話によれば、一千もいないらしい。それもこれも、少しでも入費を多くするためとか。着物を二千着誂《あつら》えると、一人が二枚になる勘定だ」

「なるほど、頭がいいや。人数《ひとかず》を調べに来ても、この絵にある二階だかの押入れに匿《かくま》うって寸法ですね」

「勘定をする者は幕府役人でなく、奥女中だ。一人でも多く進言するだろう」

「でも、奥向《おくむき》の出入り帳ってぇのがあるでしょう」

「小女《こおんな》たちへ買物と称する外出をさせ、五人が四人となって帰ってくる。この帳面づけも、奥女中のほかには知りようがないと、おかねが教えてくれた」

「凄《すげ》ぇや。吉原の出入りを見張る会所《かいしょ》とは、大ちがいです」

熊十が笑うと、燭台《しょくだい》の灯《あか》りがチリチリ音を立てはじめた。灯芯《とうしん》を切りますと熊十は燭台を引き寄せながら、天井を見てつぶやいた。

「今夜で湊《みなと》まちとは、おさらばですね」

「であろうな。次の御役《おやく》をしくじっても、ここ浦賀ほど重い地に迎えられることはあるまい」

「殿さまが御役をしくじるなんてこと、ござんせんやね。もう一度、蝦夷《えぞ》の地かもしれませんぜ」

「冬など寒いというより、痛いところだぞ。井戸水が氷となって、毎朝おまえは氷を砕く役だ。あまりの冷たさで、指の一本や二本失うことになる」

「そうなる前に、吉原へ出戻らせて下さい」

「薄情者め」

笑いあった。

廊下に足音が立ち、襖《ふすま》の前に止まった。

「よろしいでございますか。誠兵衛《せいべえ》でございます」

「うむ」

丸顔をさらに円《まろ》やかにさせ、加太屋《かぶとや》の主人が入ってきた。手にする盆から、湯気が立っていた。

「甘党のお殿さまならと、鏡餅を割った汁粉《しるこ》を持参いたしました」

「鏡開きは明日だが」

「はい。まだ十九日ではありますが、わたくしが拝借しておる部屋の餅なれば、鏡もどき餅と申しておきます」

「いただこう」

大きめの塗椀《ぬりわん》に熱々の汁粉がもたらされたのを、香四郎は喜んで箸をつけた。

「旨いな」

「廓見世でもね、これをふるまうと、花魁《おいらん》から禿《かむろ》まで笑顔になりましたです」

「熊。蝦夷では汁粉も、凍るぞ」

「嘘ですね。寄席《よせ》で聞いた噺《はなし》の中に、立小便をしたとたん地べたから氷柱《つらら》になるって落し噺があって、嘘だと言ってました」

「行ったこともない者が、知ったかぶりをするのも困りものだ。なるほど小便は氷柱にならぬが、男のあれが霜《しも》やけになって使えなくなってしまう」

「じゃ夜中に厠《かわや》へは、行けませんか」

「蝦夷厚岸《あっけし》の役宅には、寝所《しんじょ》の隅に半畳の炉が切ってあってな、冬はそこにいたすようになっていた」

「さすがですね」

「嘘だ」

「ひでぇなぁ。いつか部屋の中に金隠《きんかく》しをって、考えちまいましたよ」

「その趣向、いただきましょう」

誠兵衛が小膝を叩いて言ったのを、熊十は家の中が臭《くさ》くなっちまいますぜと言い返した。

「ところで加太屋、用があって参ったのではないか」

「はい。おねがいがあり、参りましてございます」

椀を置いた誠兵衛は、改めてすわり直すと両手をついて目を上げた。

「用人おかねさまと、少しばかり謀《はかり》ごとまがいを相談いたしました。この加太屋に、大奥御用達の看板をいただけましたらと」

「――。商人なれば誰もが欲する看板だろうが、峰近《みねちか》が入ったとたん、御用商人がとなると……」

「いいえ。利を求めての話ではなく、奥向のお女中衆へ貢《みつ》ぎ物をいたすだけでございます」

世間が知らない分限者《ぶげんしゃ》は、一文たりとも稼ぐつもりなどなく、諸国の名品特産を供するつもりと言い切った。

「上手く行くなら、大奥に入るおかねさまと様々なことに通じ合えるのではと考えました」

香四郎は大奥の目付役となっても、表使《おもてづかい》という御老女らの命を受けた奥女中と「御広敷」と呼ばれる大奥の一郭《いっかく》で接するだけで、形ばかりのやり取りしかできない。

ところが看板を得た商人とは、内緒話を交せる場所があるようですと言った。

当然だが商人は男で、奥女中を相手にできるところに見張りは大勢いる。しかし、それとなく書付《かきつけ》くらい手渡せるはずだと二人の相談は決まったという。

阿部伊勢守が香四郎ともども、おかねを送り込んだ深謀と合致する気がしてきた。

おいそれと御用達看板がもたらされるとは思わないが、それをはじめない限り香四郎が選ばれた理由が失《う》せてしまうだろう。

「まずは加太屋の御用達看板か……」

汁粉をすすり終えると、椀の底に峰近の新しい家紋があらわれた。

東山三十六峰に、月と雲である。

日ノ出は見たものの、香四郎は月を久しく見ていないと立ち上がった。

夜でも潮騒は少しも変わることなく、ときに不規則な波音を聞かせてきたが、別れを前にする今、妙な懐かしさがもたらされた。

「はじめっから慣れた音でしたけど、おさらばとなるとしんみりしてきますね」

廓の男衆だった熊十には、生まれてはじめての海辺暮らしが気に入っていたようである。

新鮮な海の幸より、目の前に拡がる大海原がご馳走だったと笑った。香四郎も、誠兵衛までがそうだとうなずいた。

月は雲井にあったが、淡い光が降りそそいでいる様は、果てしなさを強めてくるようだ。

「散らばる星も遠いだけで、月みたいなものなんですかね」

「さてな。渡り鳥さえ行けぬところが月であれば、星はどうだろうな」

「聞きかじりですが、ときに昼間の月が見えますように、星は夜にだけ光るのでなく昼にも天空にあり、われわれには見えないだけなのだそうです」

誠兵衛が思わぬ知識を、挿《さ》し挟んできた。

「――――」

そこにあっても見ない、見ようとしないものはこの世に星の数ほどあるのではないかと、香四郎は小さく光る星を眺めた。

「加太屋の申すとおりだろう。見えないのではなく、見ようとせぬのだ……」

中庭の枝折戸《しおりど》に音が立ったので、今どき誰がと見れば、長五郎《ちょうごろう》と政次《まさじ》だった。

「いかがした。困りごとでも起きてか」

「挨拶をと、まかり越しましてございます」

「夜半に挨拶とは、侠客《きょうかく》の決まりごとにしては珍しい。とするなら、夜逃げと見るが当たっているか」

男ふたりは手甲脚絆《てっこうきゃはん》に草鞋《わらじ》を履いているばかりか、道中差を右手につかんでいた。

「へい。折角いただきました賭場《とば》を離れなければならねえのは、道中奉行の手配がまわりましたからです」

「罪状は暴れたことであろうが、わたしも奉行職ではなくなるゆえ、匿《かくま》いきれぬな」

「存じてますし、兇状《きょうじょう》持ちとされては濡れ衣でも、晴らすまでが厄介です。勝手ながら、一家を引きつれて旅に出ようと決めました」

旅の空にあることは馴れているのはもちろん、土地ごとに仲間はいると言って、長五郎は苦笑いした。

「路銀《ろぎん》か」

「とんでもねえ。そんなこととしては、盗《ぬす》っ人《と》に追い銭となります。兇状持ちとなった理由の一つに、船蔵の賭場から浦賀奉行へ袖の下を贈ったてぇのがあったそうでございます」

「遅まきながらとなるが、道中奉行も尻尾をつかんだわけだ。仕方あるまい、船蔵の賭場を閉めよう」

奉行所の役人たちへの手当がなくなれば、泣く者も出てくるはずだ。しかし、いつまでも博打《ばくち》で得るあぶく銭に頼るわけには行かなかった。

「ええ、殿さまには随分と世話になりました。あっしも旅に出ます」

政次が片膝をついて頭を下げた。かつての臥煙《がえん》は、一人前の俠客若頭《わかがしら》になっていた。

「威勢のよい男が、いなくなるのは淋しいな」

「聞けば殿は、御城の奥向御用になられるとか。彫物《ほりもの》を背負った男が近くにいちゃ、」評判に関わりましょう」

「つまらぬ気遣いをするでない、政」

「その政ですが、名を改めまして小政《こまさ》となりました」

以前から清水一の子分として、政五郎《まさごろう》という浪人者がいる。どちらも政なら、身の丈に合わせて大小にしようとなった。

「すると、今ひとりは大政《おおまさ》か。長五郎、左右に脇侍《わきじ》が揃ったな」

「へい。併せて、あっしも改名です。政五郎に長五郎と、どちらも五郎。そこで手配書から少しでも遠ざかろうと、次郎長《じろちょう》といたしました。養子先の、親父の名です」

「清水の次郎長か、語呂がいい」

「駿府に戻れるかどうか、こればかりは神のみぞ知るでございます。お奉行も、みなさんも、お達者で」

子分二十名に、出方《でかた》をしていた娘がふたり男に引っついたので旅に加わると言い残し、夜の湊まちを出ていった。

丸い月が、顔を出していた。

あと二日で浦賀を去る日、関わった多くの者たちが暇乞《いとまご》いにあらわれた。

客分として英通詞《えいつうじ》に置いた宇田川興斎《こうさい》が、長崎へふたたび行きたいと申し出てきた。

「蘭語の者はいるが、浦賀で英語を操れるのはおまえしかおらぬ」

「おことばながら、通詞とは右から左へ訳せば済むものではないと考えます。同じ国の者同士でも、嘘や偽《いつわ》り、騙すことはいくらでもございましょう。お国柄を示すことばがあるように、異人のことばにも癖があります。今しばらく、長崎にて学ぼうと決めました」

「浦賀に、黒船が来たなら――」

「奉行や与力どのの身ぶり手ぶり顔つきに、なにをさておき肚《はら》の据えようが決め手ではありませんか」

サラリと言い終えると、興斎は去って行った。

香四郎は面白そうな舎密《せいみ》の実験を見損ない、少しがっかりした。

今ひとり、食客《しょっかく》の大川新八郎《しんぱちろう》と妻女おえいに赤子おこうは、きれいさっぱり武家を捨てた。

「見慣れぬ町人髷《まげ》が、思いのほか似合っておるではないか」

「世辞だか勇気づけだか知らんが、やってみるさ」

「生まれた娘のためにも、短気はいかんぞ」

「おれもそう言ったら妻《さい》、いや女房に叱られた。子どもがいないと、歯を食いしばれないのですかと」

無言の親の背を見て子は育つものですと、新八郎は諭《さと》されたよと笑った。

その女房おえいに、香四郎は真顔を作りながら言った。

「新八郎は女と見ると、見境なく手を出していた。猿若《さるわか》の芝居町に女は少ないが、茶屋の女中に仕掛けるようなら、すぐに番町のほうへ逃げて参るがよい」

「嬉しいおことばですが、うちの人はもうその心配はないとの気がいたしております。わたくしを一度も疑いませんから」

「よく分からぬが、疑うとは」

「嘘をつく人や悪事を働く者は、身近にある者をまず疑がってかかるものです」

「――――」

人を騙す者は、他人も騙すことを常としているはずだと見ているというのだ。

ひと言で論破され、香四郎は目を瞠《みは》った。ここにも優れた女がいた。もう新八郎は、愚連《ぐれ》ないだろう。

　町人となったとはいえ、子連れの夫婦《めおと》が街道を歩いて行った珍しい姿に、見送る者たちは感嘆の声を上げた。

「世の中、変わるんじゃないかねぇ」

　香四郎が奉行の祐筆役《ゆうひつやく》としていた轟庄九郎《とどろきしょうくろう》を、峰近の家来にしろと提言したのは、用人おかねである。

　御城勤めとなれば、城中に控えの供侍《ともざむらい》を置く必要があり、いなくなった政次はもとより、熊十でも町人の入れるところではない。

　わずかな付き合いだったが、浦賀の祐筆ならば役に立つと、半《なか》ば強引に引き抜くことにした。

「轟。明日より、峰近家の用人格となれ」

「ありがたい話ではございますが、生まれてこの方、浦賀を出たことはございません」

「わたしとて、御城勤めは初となる。なにごとも馴れているから良い、というものではない。日々これ、初舞台が工夫をもたらす」

受け売りことばで、有無を言わさず家来にしてしまった。

もちろん女用人が抜けたあとを補える力はないが、無垢《むく》な男だけに大きく化けそうな気もした。

おかねとともに庄九郎も浦賀御用船で江戸に向かわせることにすると、おいま、おみね、加太屋誠兵衛、六姿衆《ろくばばしゅう》も同乗となった。

役宅に残るのは、香四郎と熊十の二人だけとなる。が、前夜に妻女を抱いた夫であれば、不満はなかった。

香四郎の目に、行灯《あんどん》の明かりに映えるおいまの胸元で紅梅の色づいた蕾を見るような乳首ふたつが、はっきりと焼き付いていたからである。

おいまは乗船すると、わずか斜めに顔を傾ける会釈をした。その横に、おみねを抱く女中おつねが、養女さまも父上に挨拶をと半転したものの、またも子どもは背を向けてしまった。

赤い帯を締めた小さな背が、程度の低い養父に用はないと言っているような気がしてきた。

「………………」

黙って見送ると、ふり返った子どもが鳩のように喉を鳴らして笑い、帆を上げた御用船は静かに出帆した。

二

翌日。百人はいる浦賀奉行所の面々から湊《みなと》まちの者まで、どの顔も赴任した当座と比べると好意にあふれて見える送別に思えた。

蝦夷を離れた日とちがい、微塵《みじん》の憂《うれ》いもないのが嬉しかった。

廃止となる奉行賭場《とば》で出方《でかた》をしていた娘たちは、その器量と愛嬌《あいきょう》とで、嫁ぎ先が次々に決まっているらしい。

ましてや与力の中島父子は、新奉行の戸田伊豆守を待っていたのであれば、交替万歳である。

同じ与力の土田《つちだ》父子はと見ると、二人とも眉をひそめているようだ。十日ごとに手当を配ってくれた奉行がいなくなり、賭場が閉鎖になるのを憂いているのだろうか。

が、ちがった。父子のあいだを割って、満面に笑みを湛《たた》える色黒な四十女があらわれ出てきた。

「あっ、黒恵比寿《くろえびす》」

思わず口走った香四郎のひと言に、周りの者たちが顔をしかめたものの、遅かった。

「おやまぁ、面と向かって口になされたのは、お奉行さまが初めてでございます」

「黒恵比寿ではないな、黒弁天だ」

「どうせ色黒、七難だかは隠せませんですから」

言い掛かりどころか喧嘩腰の与力女房の肌は顔同様にぶ厚く、浦賀の表向き差配は奉行、裏向きでは自分がとの自負を鼻に見せた。

その鼻は低い。大きな唇は太く、額《ひたい》はいずれ禿げ上がるだろう。まちがいなく、吉蔵《きちぞう》は婿養子と確信できた。

「左様に卑下するものではない。所内の女たちをまとめ、頼もしい伜《せがれ》まで育て上げたこと、役人の妻女として立派だ」

「お奉行さまともあろう方に、お世辞を使われては立つ瀬がございませんですよ。聞けば、来月からお手当がなくなると――」

「止《よ》さぬか、お奉行の出立《しゅったつ》前であるぞ」

吉蔵が口だけで制止しても、意に介さない黒恵比寿だ。

「わたしども女は、お手当だけが慰めだったのでございました」

餌を撒きすぎた結果なのだが、香四郎に言い返す術《すべ》はない。手持ちの金子《きんす》を吐き出して去るしかなかろうと思ったとき、後方に人が駈け込んでくる音がした。

ひとり二人ではなく、整然とした一団である。

先頭に立つ者が十手を掲げ、大勢の見送り人をかき分けながら、香四郎の前に進み出た。見たことのない連中だった。

「ご、御用の筋で、こ、甲州より参りました」

「持ち場が離れておるようだが、手配の者の探索か」

「いかにも。こ、甲府勤番支配下、手代、竹居《たけい》の安五《やすご》郎《ろう》と申しやす。ご当地に、し、清水の長五郎なる兇状《きょうじょう》持ちが逃げ込んだと聞き、お、追っております」

浦賀奉行を前に緊張がことばに出たのかと思ったが、生来の吃《ども》りのようである。目つき、口ぶり、仕種までが俠客《きょうかく》に見えた。そんな博徒《ばくと》に十手を授けてしまうのが、今どきの甲府勤番らしい。

俗に島流しならぬ〝山流し〟とされる左遷先が、甲州だった。

二度と江戸には帰れない異動とされ、送られた幕臣の大半が自棄《やけ》になっているという。おっつけ働く気はなく、役目を放棄した結果が、十手の丸投げなのだろう。

目の前にいる十手御用を賜《たまわ》った男が、良い例だ。五尺三寸の短軀《たんく》ながら、押し出し十分の太い体に鋭い目、上げ気味のあごが奉行を奉行とも思わない図太さを見せつけていた。

「清水湊の博徒なれば、三日前に失《う》せておる」

「行く先は、ど、どちらで」

「知らぬ」

「お奉行ともあろうお方が、し、白《しら》を切られるのは、いかがなもんかと――」

十手を散らつかせた安五郎に、香四郎は右手にあった村正《むらまさ》の太刀を左手に持ち替えた。わずかに腰を沈ませると、鞘走《さやばし》らせた。

村正は無音だった。

太く長い十手が、半《なか》ほどで断ち切れた。

安五郎の目が、一瞬うつろに泳いだ。

ゆっくりと太刀を鞘に戻すと、香四郎はふたたび右手に持った。

「口が過ぎよう。代官の手代ごときが」

「ごっ、ご無礼をば、いたしやした」

怯《ひる》むかと思いきや、甲州博徒は香四郎をしっかりと見て一礼し、踵《きびす》を返していった。

代わりに面食らっていたのは、見送る奉行所の者たちである。

「あの太い、鋼《はがね》の十手が……」

「居合ぞ。お奉行は武《ぶ》に長《た》けた侍……」

およそ奉行所の長《おさ》たる者が抜刀するなど、考えられないことだった。

同心たちの中には、所内の道場で香四郎が並々ならぬ太刀捌《さば》きをしたのを見た者はいるが、稽古と実践は別ものとされ、本身を扱えるとは思いもしなかったに相違ない。

吉原の男衆《おとこし》から峰近家の奉公人頭《がしら》になった熊十は、目をまん丸にして村正を見込んだまま、あんぐりと口を開けていた。

「触れただけで、指が飛ぶ。妖刀《ようとう》ゆえ、悲運がついて離れぬのだ」

「悲運、でございますか」

真二つになった十手を見比べながら、熊十は恐いものをまじまじ見るように斬り口を眺めた。

香四郎は竹居の安五郎と名乗った男が冒頭から口にしたのが、甲府勤番だったのを思い返した。

かつて譜代大名の城だった甲府は、柳沢松平家が大和郡山へ移封されると、天領になった。当初はそれなりに出世の足掛りの地とされていたものの、峻険《しゅんけん》な山々に囲まれた甲州は様々な面で取り残されてしまったのである。

土地柄からか気質は荒く、六十余州一の「公事《くじ》の国」とも言われていた。なにかというと、代官に嘆願訴訟をはじめるからだ。

数年おきに入替わる代官は舐められ、吊るし上げを食らった。そうした噂から、甲府行きをますます忌《い》み嫌うようになる。知らず、左遷の地とされたのは言うまでもなかった。

甲州は、使えない幕臣の受け皿となっていた。一方、地元甲州の者もまた送られてきた勤番士を利用しようと働きかけた。

商人は銭を握らせて、便宜を図ってもらう。百姓は余り米を送り届け、出来高を低く帳面に書かせる。そして博徒は、十手御用をいただこうと画策した。

博打《ばくち》好きの代官なら賭場に、女を欲する役人へは女郎屋を、どちらにも堅い者であれば役目で失態をするよう仕掛けるという。

そうして得た十手はなんにでも効く薬で、やりたい放題となった。

結果、甲州の博徒は諸国に類を見ない力を有したのである。

「兇状持ちでも、甲府の地に行けば食わせてくれるらしい」

人を殺《あや》めた者から店の銭《かね》を着服した者まで、行き先のない連中をどんどん取り込んだ。

こうした無頼漢の凄さは、一旦は死んだつもりになって言うことを聞くところにあった。

命知らずの俠客とは異なる無鉄砲を発揮して、なんでもしたのである。

「あいつを始末してくれたなら、おまえは明日から名を改めて生きられるぜ……」

困窮した百姓から買った人別帳をちらつかせ、人殺しをさせる。失敗しても、十手御用を預かる身は怖いものなしとなった。

香四郎は左遷を覚悟したとき、この陋習《ろうしゅう》だけは打破してやろうと調べたのだが、十手を真二つにされても動じなかった安五郎に、その肝《きも》のすわり具合を見た。

――また出てくるようなら、厄介だな。去ったものの、次郎長一家も心してかからないと痛い目をみかねない……。

次郎長とて、そんなことは百も承知だろう。幕府は異国の外患《がいかん》ばかりか、博徒の横暴という内憂《ないゆう》も抱えている今だった。

さて出帆となったとき、御用船の船頭が申しわけなさそうに顔をしかめてきた。

「珍らしいことでございますが、江戸の海が荒れそうです。風も向かいからでして、今日は無理とお諦めねがいます」

乗船は叶わず、一日先延ばしとなった。

その夜、寝床に就こうとした香四郎のもとへ、熊十があらわれた。

「断わるぞ、一緒に寝てほしいなんぞ言うのは」

「ご冗談はなしにねがいましょう。ちょいとお耳に入れていただきたいことが、ございまして」

熊十は今夜で浦賀も最後と、夕食後に湊まちに出た。そこで見憶えのある顔を見たという。

「おはるという出方《でかた》をしていた娘で、年の瀬に殺されたおいとと仲の良かった女です」

「嫁に片づいたのでは、なかったのか」

「ちがうようです。まんざら知らぬ仲でなし、話し掛けるつもりだったんですが、見るからに別人となってました……」

出方をしていた娘たちは、次郎長一家と一緒に旅へ出た二人も含め、みな片づいたと聞いたが、そうではなかったのだ。

熊十の顔がちがって見えたとは、廓見世《くるわみせ》に働いた男の眼力のようなもので、荒《すさ》んでしまった女になったということらしい。

「賭場にいれば、人によっては荒むのではないか」

「ちがいます。もって生まれた性根《しょうね》かもしれませんが、しっかりした者は身を持ち崩さないものです。というより、そんな骨のある女ばかりを、奉行賭場は出方に雇っていました」

「愚連《ぐれ》たか」

「たぶん。朋輩《ほうはい》のおいとが殺されたことに、関わりがあるんじゃねえかと思いまして」

蘭方の破門弟子が起こした事件は片づいたものと思っていたが、甘かったようである。

与力見習の土田文蔵《ぶんぞう》に声を掛けろと、熊十へ命じた。次の奉行のためにも、考えておかねばならなかった。

江戸行きが一日延びたことで、いま少し仕事ができるのは有難い気がした。

――おれも少しだけ、役人の自覚が出たようだ。

文蔵はすぐに顔を見せた。香四郎の何倍も役人の自覚があるらしく、今夜もまた居残っての調べものをしていたという。

「改めて熊十に問う。おはると申す娘は、春を鬻《ひさ》いでいたのではないか」

「であるなら、はじめは殊勝な素ぶりをするのが、女ってものです。おはるの顔つきは、もう毒を含んでました。あっしの目に狂いがないなら、看板ですね」

「看板とは」

「好《よ》さげな女が、客を引く。引かれた男は、随《つ》いてゆく。見世にあがって部屋へ入ると、そこには別の女って寸法でさぁ」

客の男が文句を言えば、やくざ同然の者が凄みを見せるという筋書きだった。

「熊十。湊まちの、どこで女郎屋をやれるか」

「後を尾《つ》けようとしたんですが、見事にまかれちまいました。あっしだと、向こうが気づいたんでしょうね。おはるは悪い泥水のほうが、よほど性《しょう》に合っていたと思えます」

「文蔵は、どう考える。浦賀に女郎屋まがいが、できたとは聞かぬか」

「どうやら、見えたようです。奉行賭場が失くなったので、新しい賭場が開かれるだろうとわたくしは踏んでおりました。そうか、女郎屋ならば……」

一人合点をした与力見習は、湊まちを昼夜歩きまわったことを話しはじめた。博打をするとなれば、ある程度の人数があつまらないと開けない。文蔵は人が大勢いそうなところを探しまわっていた。

それらしいと思えたのは、浦賀警固方をふられている川越藩の邸である。が、町方の者は入れない。仕方なく毎日のように張り込んだが、それらしい気配はなかった。

「土田の若旦那。てぇことは、川越藩邸に女郎を――」

熊十の思いつきに、文蔵は首を横にした。

「ご家門の松平家であれば、そこまではとても。中にいる藩士は女買いに走れても、女郎屋なんぞできないでしょうし、わたくしは一度とて女の出入りさえ見てません」

香四郎が与力見習の確信をもった物言いに感心していると、文蔵は思いついたように口を開いた。

「しかれども、今の熊十どののひと言で、見えて来ました。川越藩士がどこへ出掛けるかを尾ければ、場所が分かるのではありませんか」

文蔵と熊十は立ち上がり、確かめて参りますと出て行った。

ほんの数日前まで、奉行賭場を見て見ぬふりをし、あまつさえ上がりの一部を頒《わ》けてもらっていた役人が、今は女郎屋をけしからんと手入れに走る。

融通無碍《ゆうずうむげ》とは、まさにこれだった。杓子定規《しゃくしじょうぎ》が民百姓をがんじ搦《がら》めにするのとちがい、融通には遊びという余裕が生じるのだ。

幕府が改革と称して三度おこなった政《まつり》ごとがどれも失敗したのは、ここにあったのだろう。

浦賀奉行として最後の晩である。もうひと働きと、着替えることにした。

さて何を着るかと、香四郎は衣裳葛籠《つづら》の前に立った。

遊び心が、むくむくと頭をもたげてきた。まず手に取ったのが、鎖帷子《くさりかたびら》である。

まだ誰も使っていないのは、鬱金《うこん》の風呂敷包みに皺《しわ》ひとつなかったことで知れた。頭に被る鎖頭巾《くさりずきん》も、同じところにあった。

鎖物《くさりもの》は必死な侍が、戦《いく》さ場へ赴《おもむ》くときの防具で、ひと太刀や槍ひと突きで倒されない物とされていた。

一度、きちんと着けてみたかった。来月から御城勤めとなる身に、縁のない武具なのだ。

――重いが、気まで引き締るものとは知らなかった。

紐を緊《きっ》く結び、動きやすいよう位置をずらしたが、着けたままの太刀捌きの稽古もしていないのが現今の侍である。

泰平の二百年が、いかに実践を遠ざけてしまったかを痛感した。弓に触れたことのない侍、槍の重さを知らない武士、ましてや鉄砲など足軽の使う物と蔑《さげす》む連中である。鎖物など、見たこともないはずだった。

幸いなことに、香四郎は病弱な長兄の薬代として先祖伝来の武具を売る役を仰せつかり、ひっそりと試着したことがある。

その折は、こんな動きづらい物をと、手放すことに未練はなかった。そのときは、いかに高く買ってもらうかばかりを真剣に考えた。

番町に近い麹町《こうじまち》の質屋の裏口は、武家専用とされていた。地面にまで届く長《なが》暖簾《のれん》が、二重に垂れ下がるそこは、十五歳の香四郎にとって異界への入り口でもあった。

町人を相手に銭《かね》の駆け引きをし、加えて頭を下げるところともなっていた。案の定、質屋の陣は連戦連敗の涙を呑んだ。

「今のおれなら鎖帷子を着けて出向き、脇差を手渡しておれを斬りつけてくれと脅すだろう……」

家宝を売る身の情けなさを死んで詫びるつもりと、大袈裟に芝居を打つ。質屋の番頭はおどろき、帰ってくれと声を上げる。香四郎は上《あが》り框《がまち》に足を掛けて、鎖帷子の上から脇差を突く。もちろん、傷つくことはない。

「どうだ番頭。これからは押し込み強盗が増えるであろう。鎖帷子こそ、身を守るには打ってつけと思わぬか」

質屋に預けるのではなく、買ってもらえたはずと苦笑した。

香四郎は革足袋《かわたび》まで履いて、草鞋《わらじ》の紐を結びつけた。そこに先刻の二人が戻ってきた。

「大当たりです。川越藩士が三人連れで向かった先は、平根山《ひらねやま》の台場と反対側にある廃寺でございました。胡散《うさん》くさい男どもが交替で立ち、中へ案内しておりました」

「賭場でなく、女郎屋なのだな」

「はい。出てきた客を、片肌脱ぎ同然の女が見送っておりましたから」

「行くぞっ」

「お奉行。そのお姿――」

「戦さ仕立てだ。討ち死の覚悟である」

村正を手に、香四郎は高らかに笑った。

「与力同心らで一斉捕縛《ほばく》に参りますなら、すぐに呼びます」

「われら三名にて、十分だ」

香四郎のひと言に、熊十が腰を引いた。

「いけません。あっしは素人以下です」

「なれば、文蔵と二人。熊は、伝令となれ」

敵を見くびったわけではないが、鎖帷子は香四郎の気を大きくさせていた。

文蔵もまた手柄を一人占めと、襷《たすき》を掛け、袴の股立《ももだち》を取って草鞋を結びつけた。

三

湊《みなと》の常夜燈を頼りに、山とは言えない丘を登りはじめると、すぐに灯《あか》りが見えなくなった。

が、新しい女郎屋は繁昌しているのか、用を済ませた客が提灯《ちょうちん》を手に下りてきた。

「これはお侍さまでしたか」

下りてきたのは中年の町人、道を譲った。無愛想もまずかろうと、香四郎は顔を伏せたまま口を開いた。

「いかがであるか、山の色里は」

「へへへ。噂以上だったのは、部屋が広いことですな。宿場のとは、比べられないほど。抹香《まっこう》くささもなく、お手頃な値で遊べました」

侍を相手に長居は無用と、町人は頭を下げると下りていった。

「熊に訊くが、女郎屋を造るのは厄介か」

「ご法度《はっと》の岡場所なら、女をあつめさえすりゃわけもありません。こんな所ですから上玉はいないでしょうが、看板が良けりゃ客は来ます」

「儲かるか」

「そりゃあ官許の廓《くるわ》みてぇに、公儀《おかみ》に運上金をガッポリ持っていかれませんから、女に三食さえ与えりゃ残りは丸儲けです」

なだらかな山道を上りながら女郎屋稼業の話となると、文蔵が割って入ってきた。

「搾取《さくしゅ》という名の横暴に、女たちは粗食《そしょく》と折檻《せっかん》に耐えておるのだろうか……」

「はぁっ」

素頓狂《すっとんきょう》な声を上げたのは熊十で、立ち止まってふり返った。

「土田の若旦那に一度言いたかったんですが、なぜ女郎屋を嫌うんです。女を食いものにして絞り取るなんてぇ話は、どれも嘘ですからね」

「嘘であるものか。ひと夜千両の上がりがあるという吉原といえど、下級の女郎どもは無理に客を取らされ、嫌と拒めば恐ろしい折檻と――」

「見たんですか、若旦那」

「若旦那……、いや。わたしの周りの者はみな、そう聞いておる」

「あっしは、十七のときから十五年ばかり吉原におりましたが、どこの見世でも折檻に泣く女がいたって話は耳にしてませんや。どこに、商売物を傷つけて得する主《あるじ》がいますかね。縛った跡のある瘦せこけた女を、どなたが買いましょう」

熊十の弁舌《べんぜつ》が、冷たい夜露《よつゆ》の雑木林の中で冴え渡った。

品物大切は商いの基本、女郎という生き物はいい気分にさせてこそ働いてくれるものと断言した。

「いやいや抱かれようなんぞという女は、売れませんや。売れないと、銭になららない。笑えと笞打《むちう》ちゃ、よけい泣き顔になりますね」

「……。確かに」

「女郎は気の毒な女と言いふらしているのは、客の同情を買うのと、家にいる女房どもが目くじらを立てないようにとの計略です。女郎が旨いもの食べて可愛いがられてると知ったら、もってのほかと町じゅうの女房が棒切れを手に、押しかけますぜ」

文蔵はなるほどとうなずいたが、香四郎は笑いそうになった。

廓へ押し掛ける女房一揆を、見てみたい気がした。

「あたしは裏長屋の煎餅《せんべい》蒲団。おまえ方は三幅《みの》の蒲団にくるまって、給仕つきの三食かい」

「けっ。なれるものなら、なってみやがれ。そんなおかちめんこ相手に、客は上がってくれないよ。亭主ひとり喜ばせられないくせに……」

軍配は女郎に上がる。男はみな女郎に加勢するからだ。

やがてあらわれた破《や》れ寺から洩れる灯りが、人くささを醸《かも》しだしてきた。

海に面した砲台のある台場とちがい、鬱蒼《うっそう》と茂る木々が妖《あや》しさを作り、知る人ぞ知る岡場所は、浦賀名物となりそうである。

が、奉行として、私娼窟《ししようくつ》は許せなかった。

女郎屋を願うなら、月々の運上金を納めることをはじめ、看板女なんぞに客引きをさせない開放的な造りを旨とすべきなのだ。

なんとも勝手な奉行と思うものの、立つ鳥あとを濁さずでありたい。

今少し踏み込んでの期待は、開港した浦賀に異人相手の娼館を建てること。その走りとなる廓になってほしかった。

しかし、その下地はないようだ。香四郎たちを認めた男が、近づいてきた。

「なんとまぁ、えらい恰好ずら。寒いのけ」

鎖頭巾の香四郎を見て、男が声を掛けたことばは、甲州訛《なまり》だった。

すぐに竹居の安五郎と結びつけた香四郎は、

「安五郎親分は中か」

「どちらさんけ」

「浦賀奉行さ、親分の十手を二つにした」

なんの装飾もない香四郎の直言に、男は飛ぶように寺の中へ走った。

伝令役の熊十は、一人そっと山を下りた。

大勢がいっぺんに出て襲ってきたらと考えなくはなかったが、奉行と名乗りやって来たからには背後に役人が控えていると思うにちがいないと、香四郎は賭けに出たのだ。

勝った。安五郎は一人であらわれ、丁重な出迎えをした。

「お奉行さまがいらっしゃるなら、そ、そうと伝えていただけましたら、お、お迎えの山駕籠《やまかご》を差し向けましたに」

安五郎は吃《ども》ったものの、狼狽《うろた》える様子は見せなかった。

「奉行所へ挨拶もなく女郎屋とは、見上げた根性ぞ。安五郎」

「い、いずれ、ご挨拶をと、お、折をみて、伺うつもりでござんした」

吃りながら、安五郎は香四郎の袖口に重たい物を差し入れてきた。

「切餅ひとつの二十五両とは、奉行への餞別《せんべつ》も見くびられたものである」

「もう、ひ、ひとつ」

左右の袖が、同じ重さとなった。

「安五郎。手配の清水長五郎を、探索していたのではなかったか」

「ここに張っておれば、き、きっと清水の子分どもがあらわれると、ふ、踏んだ上でござんす」

無頼どもを束ねる男が馬鹿では務まらないと分かったのは、安五郎の目が暗い中で、香四郎の鎖頭巾に目を走らせたからである。

ダラリと両肩にまで垂れる被り物を、寒さ避けなどとは思わず戦陣の武具と見てとったのは、鋭い目つきで知れた。

「残念であろうが、やって来たのは博徒《ばくと》ではなく、奉行であったのは大いなる誤算であろう。それも戦さ仕立ての装束だったわけだ」

「手前、ほ、本日をもちまして、た、退散と……」

「甲府勤番手代と申すなれば、臆するものでもあるまい。十手を掲げるなら、われらはともに幕府御用ではないか」

「へ、へい」

「十手は、いかがした」

意地のわるいのは、香四郎のほうとなった。

村正が安五郎の十手を、斬り落としたばかりである。膠《にかわ》でくっつけたところですぐ折れてしまうのであれば、十手ではない。かえって拝借道具の不始末を、問われることになる。

安五郎は子分に、大急ぎで十手の調達をさせているだろう。すなわち、今は御用を預かっていないことになっているのだ。

「いや、そ、その……」

「左様であるか。安五郎は十手を、取り上げられたのであるか」

ニヤリと笑った香四郎だが、眼前の安五郎に耳打ちをしてきた子分の声が聞こえた。

「二人のほか、ここまで上って来る者おらんずら」

子分のことばが終わる前に、香四郎と文蔵は取り囲まれていた。

「――――」

怯《ひる》んだ文蔵は、差料の柄《つか》に掛けていた手を放さざるを得なかった。

と同時に顔じゅう髭《ひげ》だらけの男が、猟銃《りょうじゅう》の筒先《つつさき》をピタリと香四郎の胸元に突きつけた。

男は銃に火を付けるための煙管《きせる》をふかし、安五郎は一歩前に踏み出してきた。

「切り餅ふたつの餞別を、返せなんぞと無粋《ぶすい》は申しません。お奉行の腕前は、十二分に存じております。どうぞ、このままお帰りをねがいましょう」

「安五郎。吃らぬのだな」

「へっ。ときと場合によりけりずらよ。ただし、黙って帰すわけにゃいかねえ。こちらの若《わけ》ぇお役人には、しばらく居残ってもらう。お奉行が江戸へ戻るまで」

子分が文蔵の大小を抜き取り、背後から膝の裏を蹴ると、与力見習は地べたに膝立ちとなった。

篝火《かがりび》に薪が足され、勢いよく火が上がったとたん、周りが明るんだ。

香四郎が左右の懐手《ふところで》をして済まなそうな顔を作るのを、安五郎はカラカラと笑いながら猫なで声を出した。

「たかが五十両、返してもらわんでいいと申したずら。ほんの気持ちで……」

銭の話は、二度するものらしい。

「そうは参るまい。浦賀奉行として、けじめなるものをつけねば面目が立たぬ」

懐深くから取り出したのは二挺《にちょう》の短筒《たんづつ》で、安五郎の胡坐《あぐら》をかいた鼻の穴に一挺、もう一挺は天に向けた。

パンッ。

撃ち放った乾いた音が、冬の夜空に轟《とどろ》いた。

突きつけられていた猟銃の火縄には、まだ火がついていない。降参をするほかなかろう。

飛び道具を使う卑怯な手口を、香四郎は侍にあるまじきこととは知っている。が、敵とて狡《ずる》いのだ。

グイッと短筒が、安五郎の鼻腔《びこう》をさらに拡げた。

面白いほど捻《ね》じ込まれてゆく筒先を、香四郎は行き着くところまでと押し込んでいった。

「うっ。ぐぅっ……」

痛みより怖さが、奇天烈《きてれつ》な呻《うめ》きを上げて、女郎に折檻は無用だが、こうした博徒にはあってもよいかと、香四郎は勝手な解釈をした。

――われながら、とんでもない奉行だ。

呆《あき》れつつも、捻じ込んだ短筒をぐりぐりと左右に廻す。

のけぞった安五郎の口から血が垂れてきたのは、鼻血が口を伝わってのこと。

文蔵のほうは大小を取り返し、猟銃を奪い取っていた。

無頼の博徒は、押しなべて王将を取られた将棋となると、戦意を失うらしい。

子分たちは片膝をつくと、一列に並んだ。

「ほほう。殊勝には見えるが、子分の一人として親分を守ろうとの気概をもつ者はおらぬのか」

「――――」

香四郎の皮肉に、安五郎は目を剝いて子分たちを見た。

行きどころのない無頼どもに、おれは情けをかけてやったのにとの思いからだろう。

勝手な親分は、いざとなったら子分を捨て駒にするつもりでいたのだ。因果応報なのは、命懸けではないことの証《あかし》でもあった。

股旅に出た次郎長や小政と名を改めた政次を、安五郎と比べたが、「博徒の優劣ばかりは、出たとこ勝負で分からない」とは、次郎長の口癖となっていた。

「なにをやっても、丁半の博徒。出入りの喧嘩も役人の探索も、時の運。お旗本の出世ほどには、順を踏みません」

次郎長のことばに言い返したくなった香四郎だが、自分は命を的にしていないと気づいて口ごもったのを思い出した。

山を下りた熊十が、大勢の捕方を引きつれてあらわれた。

さて、安五郎一家をどうするかと、文蔵に持ち掛けるつもりでふり返ったところに、若い娘が取り縋《すが》っているのが目に入った。

おはるという出方《でかた》をしていた娘らしく、熊十の言ったとおり顔つきに険が見えた。

――一夜にして変貌する夜叉《やしゃ》とは、これか。

とりわけ女はなどと言えば、峰近家の婆衆《ばばしゅう》は目を三角にして怖い顔をするだろうが、おはるの場合、泣き顔を見せる鬼そのものとなっていた。

泣いているにもかかわらず、微塵《みじん》の哀切《あいせつ》もうかがえないばかりか、泣くほどに嘘が立ち上り、凄みばかりが増していたのである。

下手な芝居というのではなく、必死ゆえに滑稽が出てしまうのは、心柄《こころがら》としか言えなかろう。なにが娘をそうさせたかというより、本来もっていた生地《きじ》が剝《む》き出しとなっただけのようだ。

あさましいとしか言えない様は、見苦しさにあふれていた。

香四郎だけでなく、文蔵も熊十も安五郎までが、呆れ顔を開いた口に見せるだけだった。

それにしてもと、香四郎は嘆息をつきながら月の昇る空を見上げた。

――この二年、女のことばかり気づくようになった。なぜ……。

旗本の四男坊のころは、周囲に男ばかりだった。母も姉妹も女中もいない中、女といえば岡場所の安女郎。部屋住《へやずみ》仲間に妹のいる者があっても、冷飯食《ひやめしく》いに会わせれば危ないことになると、顔さえ知らぬままでいた。

当然、女がいかなる生きものかを、学ぶ機会もないまま今に至っていたようだ。

——出世したことで、少しばかり女という魔物を識《し》る不幸な目に遭ってしまったか。

どうした加減か、そんな自分に腹立たしくなってきた。

——嘘まみれの、おのれさえ良ければとの考えの、人を騙して平然としていられる撫子《なでしこ》を装う女郎花《おみなえし》こそ、夜叉の姿か。

思ったとたん、おはるの泣き顔を睨みつけた。

「鬼女《きじょ》の面、剝《は》がしてくれん」

村正を抜き放つと、おはるに向かって突き進んだ。

「お奉行」

文蔵は声を掛けるよりも早く、身を挺して村正の柄を握った。

「離せ。かような悪鬼羅刹《あっきらせつ》、生かしておくと為にならんっ」

「いけませぬ。この女そのものに、罪はございません。拝領の太刀が、穢《けが》れるだけ。浦賀奉行の体面に、傷がつきます」

「構うなっ。役人の体面なんぞではなく、おれの心が赦《ゆる》せぬのだ」

安五郎たちまでが目を丸くする中、香四郎は村正をつかみ取った文蔵を押しのけ、おはるの前に立った。

おどろきつつも、太々《ふてぶて》しい顔を上げる娘の肌は、若さに似あわず荒れていた。心根の変化が、肌にまで出てしまったにちがいない。加えて腫れぼったい目が、不貞腐《ふてくさ》れた顔を際立たせてもいた。

出方として雇ったときにはなかった容姿にちがいなく、その変貌ぶりに舌を巻いた。が、赦す気になれなかった。

いきなり脇差を抜くと、娘の髻《たぶさ》をつかんで根に刃《やいば》をあてた。

「ひっ」

悲鳴を上げれば止めてくれるものとの性根《しょうね》だろうが、香四郎の腹の虫を治まらせるものではなかった。

ザクリ。

音がしたのは、たっぷりした髪ゆえだろう。結《ゆ》い上げてあった島田髷《まげ》がグラリと揺れ、バサリと落ちた。

「――――」

女夜叉は小娘に舞い戻り、蒼白となってしゃがみ込んでしまった。

「尼になるがよかろう」

見得を切って言い放ったつもりの香四郎だが、熊十に笑われた。

「どこの尼寺が、拾ってくれますかね。髷が結い直せる長さになれば、元の木阿《もくあ》弥《み》。小娘があばずれに戻るのはすぐですが、その逆は困難をともないます」

「熊。どう致せばよい」

「寺の庵主《あんじゅ》さんに、半年ごと髪を切ってくださいとでも言いますかね」

「それはよい」

「改心できれば、本物の尼に。でも、がまんできなけりゃ途中で逃げだします。そうなると莫連女《ばくれんおんな》のまま、ろくな死に様を見ませんけどね」

「あたしが、なにをしたって言うんだっ」

ザンバラ髪の女が、細い声をふり絞って叫んだ。

代わりに答えたのは安五郎の子分で、諭《さと》すような物言いをした。

「おはる。おまえ、おれに寝物語したずらよ。おいとっていう出方娘を、身代わりに差し出したって」

「だ、だって、あの蘭方の若造、あたしにまとわりついて、離れなかったんだもの……」

言ったきり泣きだし、肩をふるわせた。

なぜ奉行所に訴えてこなかったのだと、言える立場にないのは香四郎も文蔵も同じだろう。

開かれた役所ではないと、みずから認めてしまうことになってしまう。が、香四郎は文蔵を見て口を開いた。

「悪を裁く前に、罪の芽を摘んでおく必要がありそうだな」

香四郎は、照れた。

かつての名奉行大岡越前や当今の遠山左衛門尉《さえもんのじょう》だけが口にできる大仰《おおぎょう》な台詞《せりふ》を、吐いたからにほかならなかった。

――とうとう奉行らしい仕事をせぬまま、おさらばか……。

苦笑いもできず、おのれの不甲斐なさと役立たずぶりを嘆いた。

「お奉行。女も含め、この連中をどう致しましょう」

「猟銃と長脇差を取り上げて牢に百日も押し込みたいところだが、この人数が入れるとは思えぬ。代わりに、百敲《ひゃくたた》きで放免とせい」

「――――」

おはるも安五郎も、敲きのことばにふるえた。幕府が流布《るふ》させた刑罰の絵は、想像を絶するものになっているのだ。

海老のように体を逆に折られて吊るされたり、畳を重ねたほどの石を膝に乗せられる図は、どう考えても耐えられない。となれば、死を意味することになったからである。

その中で敲き刑は軽いほうだが、気を失うたびに水をかけられ、最後は立てなくなると言われていた。

が、香四郎たち奉行所の者は、敲き刑に手加減がなされることを知っている。罪人とはいえ、片輪にしてはならなかった。

体の弱い者や女であれば、力を入れずに叩く。そのあと放免して市井《しせい》に戻すとは、改心するとの期待を込めてのことだからである。

意外なことに、安五郎らもそれを知らなかった。博徒のほとんどが、捕まる前に逃げて匿われたこともあろうし、「おまえだけは数を減らしてやる」と情けを掛けてもらったことを恩に着て、口にしない者も多いようだ。

いっときでも怯《おび》えることが薬になればと、香四郎は数珠《じゅず》つなぎで下山してゆく連中を見送った。

「女のほうも、やつら同様に愚連たままでしょうね」

熊十は断言した。香四郎は信じてやろうと、首をふって見せた。

「確かに受け皿のない世の中となってしまった今だが、それを作るのは政《まつり》ごとの役目なのだ」

そう言ったものの、落ちこぼれた者たちを受け止めていたのが博徒なのである。浦賀奉行も幕府も、そうした連中の足元にも及ばないのだ。

「殿さま。中にいる女どもは、どうしましょう」

「そうであった。女郎たちがおったな……。熊、手入れを受けた岡場所ではどう致す」

「江戸なれば吉原へ送り込んで、使えそうにならない女なら放り出しますね」

「どこへ行くのだ」

「夜鷹《よたか》となって暗がりに立ちます」

「住まいは」

「陽《ひ》の射さねえ裏長屋で、数人が一緒に暮らすって聞きました」

「左様か……」

その先は聞くまでもなかった。

香四郎にとって、浦賀は市井を知り得る稽古場だったのだ。

深く稽古したとは言えない中で、次はまったく異なる世界が待っている。苦労知らずが、とんでもないところへ放り込まれるのだ。

が、香四郎はもう嘆かない。

出方娘だったおはるは、しきりにおのれの不運を訴えていた。

「お奉行とちがい、あたしは巡りあわせの悪い星の下に生まれたんだ」

確かに、香四郎ほど恵まれた者はおるまい。努力することなく幸運な籤《くじ》を引いている。

「だから、なんなのだ。おまえは神を恨み、わたしは神に感謝しろとでも言うのか」

「えっ。殿さま、なんでがしょう」

熊十に不思議がられて、香四郎は莞爾《かんじ》と笑い返した。

「山を下りる。浦賀とは、さらばだ」

帰途につく下り坂で、昇っていた月に出逢った。

冷たそうな光を受けながら、木々に遮られたり梢《こずえ》のあいだから見える月を、時折立ち止まって眺めた。

「明日もまた、お目にかかりますでしょうが、しばらくは懇意にねがいます」

〈五〉大奥目付は、ご落胤《らくいん》

一

江戸城中にも、これほど静寂を見るところがあるのかと、礼装に威儀を正した香四郎《こうしろう》は思わず足音をしのばせてしまった。

中奥《なかおく》と呼ぶそこは、本丸における緩衝《かんしょう》の場となっている。幕府の政《まつり》ごとを司《つかさど》る表向《おもてむき》と、将軍の奥女中らが暮らす大奥に挟まれた千坪ばかりの、事務取り扱いどころとなっていた。

緩衝の役を担っていたのは、三代将軍家光の時分のことで、女家康と囃《はや》された春日局《かすがのつぼね》が政ごとに度々口を差し挟むのを抑えるためと聞いている。

しかし今や有名無実となり、使番《つかいばん》や番士、雑務の坊主らが引っきりなしに出入りする表向とは大ちがいで、廊下の端まで見渡せるほど人気《ひとけ》のない中奥となっていた。

――かような暇どころで働けとは、ご老中も難題を吹っかけたもの……。大奥の出銭《でぜに》を減らせの、攘夷を一掃せよのと、いったい全体わたしごときになにができよう。

先導役として前を進む茶坊主の丸い背なかを、蹴りたくなった。

香四郎は下腹に力を入れ、就任初日から騒ぎの種を撒いてはなるまいと、自重した。

新しい御役《おやく》は御台様広敷番頭《みだいさまひろしきばんがしら》で、法外な役高千石。そこに側衆《そばしゅう》を兼帯することで、知らなかったが計二千五百石の旗本となっていたのである。

――いくらなんでも、二千五百は破格の待遇ではないか。少なからず、おかしい……。

大名に及ばないのは当然ながら、幕臣の中にあって垂涎《すいぜん》の石高となった。

加えて広敷番頭は、有名無実の役どころなのだ。御台様と呼ばれる将軍正室は、すでにいない。家慶《いえよし》に嫁いだ楽宮喬子《さきのみやたかこ》は、七年前に逝去していた。

すなわち、香四郎はなにもしないで済む役に出世したと、噂された。

心外である。江戸城の奥女中という煮ても焼いても食えない女たちを相手に、日ごと戦わなければならないというのに。

幕臣に限らず百姓町人までもが、大奥勤めをする女は淑《しと》やかで賢いと信じている。

「左様な男にとって都合よい女など、この世におらぬっ」

香四郎は火見櫓《ひのみやぐら》に上って、叫びたい衝動に駆られた。

——長屋の山の神を見ても分かろう。商家の内儀や娘ばかりか、百姓や漁師の嫁女、武家の妻女に至るまで、どれもみな外面女菩薩《にょぼさつ》内面女夜叉《にょやしゃ》ではないか。

猫をかぶっているのだ。

と、決めて掛かったとき、わが妻女おいまに思いを馳せた。

辛辣《しんらつ》なことばを吐くものの、いまだに観音菩薩を見せている。

甦《よみがえ》ってきた。かつての部屋住《へやずみ》仲間の新八郎《しんぱちろう》が言った「女はとにかく崇《あが》め奉《たてまつ》って、マメに相手をしてやるといい」の金言が的を射ていたことを。

少なくとも、香四郎は妻女を心身ともに敬い、細かなところにまで気を遣っているつもりだった。

「ゆえに、夫婦《めおと》仲は破綻しておらぬ」

思わずはっきり口にしてしまったことで、坊主頭がふり向いた。痘痕面《あばたづら》の四十男が、意味のない薄笑いをし、小さな会釈を返した。

いかなる伝手《つて》で御城に上がれた男か分からないが、日々是無事を良しを信条に、三度の飯を楽しむ一生を送る類《たぐい》の茶坊主にちがいあるまい。

中奥とは余剰者《あまりもの》の捨てどころかと、嫌な気になった。

「こちらが御側衆の詰所《つめしょ》でございまして、右近将監《うこんのじょう》さまにおかれましては、その前に御台様広敷番頭の殿席へ向かうよう申しつけられております」

幅広の廊下を右へ左へ、どこをどう通ったものか憶えていないという以上に、憶えきれないのが江戸城だった。

将軍はもとより、老中や若年寄、大目付に各奉行まで、必ず案内役が立つのである。となれば城中の通路に詳しい者は、茶坊主と警固の番士くらいなものだろう。

敵の侵入に備えたことが、味方の迷子を生むことになってしまったのは笑いごとでは済まされまい。ここにもまた、二百年の泰平がもたらせた不思議が生じていた。

おどろかされた。知らぬまに、外へ出ていたからである。

空を見上げた香四郎に、痘痕面はどんなもんだの顔を見せて、歪《ゆが》んだ口を開いた。

「御広敷とは、奥女中方と面談をいたす場でございますゆえ、いったん外へ出て大奥の東に位置する御広敷門より入ります」

「うむ」

なんとも厄介なことだが、大奥と中奥とをつなぐのは、上下ふたつの御鈴《おすず》廊下よりほかにない。そこを通れるのは、将軍のみ。

御台様広敷番頭といえども、遠まわりをして大奥の一郭《いっかく》へ向かわねばならないという。

江戸城にしては小体《こてい》な広敷門を通ると、細長い庭のようなところとなった。

端に並ぶ腰掛に、町人らしい男たちがいる。御用商人だろうか、町なかで見かける呉服屋の番頭と変わりないものの、どの顔も神妙に見えた。

肩衣《かたぎぬ》を着けた香四郎を見て挨拶してくるのは、この御広敷と呼ぶ一郭の序列高位にある者と認めているからだろう。

悪い気はしないものの、閑職の一人でしかあるまいとも思われているにちがいない。香四郎は眉を立てた。

それを見込んだ商人たちは、一斉に腰を上げて深々と頭を下げてきた。どの眼も香四郎が若いことに、意外の色を見せていた。

代々の番頭《ばんがしら》は、隠居まぢかの旗本が多かったからにほかならない。

——ことと次第では、おまえ方の御用看板を取り上げるかもしれぬぞ。

香四郎は胸中でつぶやき、睨《ね》めつけてやった。

粛清《しゆくせい》という、大仕事が待っている。敵はこんな小者ではなく、勝つことにのみ拘《こだわ》る奥女中たちなのだ。

あるときは寝所《しんじよ》で将軍を籠絡《ろうらく》し、その裏では競争相手となる奥女中に毒を盛り、御城を下がる日まで使いきれない財を蓄えるような、海千山千の女たちと言われている。

香四郎は連中に、なんとしても勝たなければならなかった。

失敗をすれば、将軍の名で切腹を言い渡される。それは怖くない。が、一矢《いっし》も報いられないまま敗退するのだけは避けたいと考えた。

浦賀奉行になったとき以来、香四郎は開港派になっていた。

旧態依然とした幕府がつづく限り、日乃本六十余州は異国に乗っ取られると気づいたからで、なんとしても攘夷一派を遠ざけたかった。

大奥の金蔵《かなぐら》を縮小するだけで、幕府が使える銭《かね》が増える。砲台の数を並べられるが、撃ち勝とうというのではない。いざとなれば闘うこともできるとの、威嚇になるはずだ。

そのための布石が大奥粛清であり、大奥まで攘夷を流布《るふ》させないことにもなる。香四郎が働き甲斐ある役に就く序《はじまり》といえた。

「此度《こたび》、御台様広敷番頭となられた峰近右近将監さまにござりますぞ」

茶坊主の嗄《しわが》れた声が、広敷に詰めている役人たちをあつめた。

どの顔も、日向《ひなた》に置きっ放しの沢庵《たくあん》のようだった。干涸《ひから》びて嬉しくない臭《にお》いまで立てそうである。

芝居に、大根役者の譬《たと》えを聞く。煮ても焼いても生でも当たらないところから来ているが、この連中は生まれながらの大根なのではないかと思えた。

なんであれ、期待をしてはいけないと、香四郎は会釈ひとつせず、玄関を上がった。

広敷役一同が平伏する廊下を通り、番頭詰所となる部屋に落ち着いた。

居室が隣にあり、あわせて二十畳。浦賀の奉行所とちがって、積み上がった書類はなかった。これだけでも閑職であることが知れてきた。

「御広敷にて用人を拝命しております拙者、畑山治大夫《はたけやまじだいゆう》でございます。此度のご就任、まことに――」

「ありきたりな挨拶など、改めてねがおう。まずは大奥出入帳《でいりちょう》なるものを拝見」

従前では、番頭より用人のほうが格上になる。が、側衆兼帯の二千五百石がものを言った。畏《かしこ》まった五十男の用人へ、単刀直入の請求からはじめた。

「で、出入帳、なるものは――」

「ないと申されるか」

「いいえ。左様な帳面づけは、大奥のほうで致すものと決まっております」

「わがほうの控えでよい」

「…………」

用人は目を白黒させ、着任早々いきなり無理を言うと、金魚の口を見せた。

「まさか控えは出せないと、申すのではございますまいな。畑山どの」

「出せぬのではなく、元よりございませぬ」

「はぁ。ないと申すのか」

呆《あき》れる以上に、唖然《あぜん》となってしまった。これでは収支どころか、大奥の金蔵にどれほどあるかも把握していないのではないか。

「畑山どのに問う。広敷用人の役どころはなんである」

「はっ。大奥中年寄《ちゅうどしより》さま来訪の確認、ならびに御用商人どもの検分、広敷役人の一同の公私を、ひとりで取りまとめております」

「広敷とは、なにか」

「上様のお女中方が求める物なり事を聞き、迅速かつ忠実に応えるところと……」

「表向から伝える事は、ないと」

「ございませぬ。上様みずから仰《おお》せになられますゆえ」

香四郎の口調が徐々に厳しくなるにつれ、治大夫は泣き顔に汗を見せはじめていた。

茶坊主より使えそうにないと、浦賀の役人のほうが有能だったことを知った。が、思い直すべきであろう。浦賀でも、その前の蝦夷厚岸《えぞあっけし》でも、しばらくしてまっとうな者があらわれたのではなかったか。

用人を前に、香四郎は寝ころんで見せた。

出仕初日から暴れたくなったが、替えたばかりの青畳の匂いに、なんとか自分を取り戻した。

青臭《あおくさ》さが、香四郎自身の未熟ぶりを想起させたのである。他人から見たなら、おのれもまた常軌を逸した男なのだろうと思うことで、怒りはおさまった。

「右近将監さま。お体の具合でも――」

「久しぶりの登城で、息が詰まった。少し眠らせてほしい」

「なりませぬ。ご老女水無瀬《みなせ》さま、対面のお部屋に御来駕《ごらいが》の刻限でございます」

「――。聞いておらぬが」

「伝言も用人の役目。右近将監さまは、お聞きくださいませんでした」

「分かった。案内《あない》ねがおう」

玄関に出迎えようと部屋を出たところに、女駕籠《おんなかご》が担がれたまま式台から廊下へと上がってきた。

大奥ならではの仕来《しきた》りは、位ある奥女中は屋根のある下でも、駕籠で移動する。担ぎ手も、大奥の小女で四人。ほかに供をする女が三人、計七名が付き随《したが》っていた。

まるで屋敷内の行列である。仕方なく香四郎は、後につづくほかなかった。

二

対面どころは下広敷《しもひろしき》といい、正式ではないときの部屋である。

敷居口に駕籠《かご》が下ろされ扉がおもむろに開くと、老女といっても三十女の水無瀬が出てきた。大奥での身分は、中年寄という重役だ。

用人は先に立ち、老女を上座へ迎えようとしたが、水無瀬は下座にすわった。

香四郎を穴のあくほど見込んだのは用人で、どう致しましょうと目が言っている。新参の番頭《ばんがしら》は声を掛けた。

「水無瀬どの、どうぞ上座へ」

「いいえ。右近将監さまが、上座にございます」

褒め殺しというものは、心して掛からなければならない。言われた側がいい気になると、手酷《てひど》い目を見るものだ。

「困ります。なれば、こうして横に」

窮余《きゆうよ》の策で、香四郎は三十女の手が届くところに座した。

「ひゃっ」

声にならない音が、付き随《したが》っていた女たちから洩れた。

わけを分かりかねた香四郎だが、すぐに奇妙な感触が膝のあたりを襲ってきた。

老女の生《なま》っ白《ちろ》い手が、無様《ぶざま》な動きで這っていた。

水仕事をしたことのない手は十八、九の娘のまま。が、およそ色気とは無縁にして、まちがいなく未通女《おとめ》と思えてきた。

が、顔だちは、まぎれもなく美形をうかがわせているのであれば、香四郎は戸惑うほかなかった。

――見目うるわしさゆえの不幸とは、これか……。

美しく生まれ、近所の評判となって噂を聞きつけた大奥に出入りする者が、やってくる。

「これほどなれば、公方《くぼう》様の目に適《かな》うであろう。千代田の御城に勤めることで、当家は末代まで栄えることとまちがいありませんな」

町家の娘であっても、大身《たいしん》の旗本の養女に仕立てられ、晴れて奥女中となる。

親にしてみれば、ねがったり叶ったり。許婚者《いいなずけ》がいても、ご破算は当然。親戚一同こぞって、娘の大奥入りを寿《ことほ》ぐものとなっていた。

本人とて、将軍のお手つきとなり男児を産めば、大名をも平伏させる身になると目を輝かせたにちがいない。

やがて御城に上がる。中﨟《ちゆうろう》格となり、将軍のお目通りに列した。声が掛かると、胸をときめかせた。が、似たような女が二十余人もいると知って、色を失った。

悲劇は、ここに始まる。

選ばれませんでしたゆえ、御城を下がりますとは言えない。女の戦いはここからで、敵は派閥の異なる女となった。

知らず年を重ねて、古参格となっていた。役割は、一門の繁栄のほかにない。他派に勝つことのみが生き甲斐となれば、おっつけ色気と無縁になる。

奥女中の来し方を思った香四郎は目を細め、中年寄水無瀬のするに任せていた。

おずおずと腿《もも》の脇を動く手は、下手としか言いようのない動きだった。やがて水無瀬の手が引っ込んだ。

「申しわけなきことながら、右近将監さまのお体を検分させていただきましたのでございます」

「検分、ですか」

「さよう。御台様広敷番の筆頭となるなれば、相応のお心得がと――」

「心得とは、男としての首実検でしたか。水無瀬どのの色香に迷い、こうして手を握り返すような不埒《ふらち》でござるか」

香四郎は中年寄の、細い手を握った。冷たい手だったが、男に触られたことで水無瀬は顔を火照《ほて》らして狼狽《うろた》えた。

哀しいほどの乙女ぶりは、廓《くるわ》の禿《かむろ》の足元にも及ばなかろう。女に弱い香四郎としては、思いのほか与《くみ》しやすい相手かもしれないと嬉しくなった。

「ち、ちがいまする。右近将監さまの、武芸の心得を――」

「左様でしたか。腿の張り加減で、分かるとは初耳。江戸城大奥ともなれば、さすがでございますな。それと、わたしめを右近将監さまなどと仰《おお》せになるのは、大袈裟にすぎましょう」

「――、とんでもなきことを。従五位下《じゅごいのげ》の広敷番頭とは、仮のお姿。わらわなど、かように並ぶことさえ憚《はばか》るご身分にあらせられます」

「……………」

いきなり分からない話をされ、香四郎は面食らった。人ちがいであるにしても、権高《けんだか》を恥じない大奥の老女がここまで下手《したて》に出てくることなど、信じ難い振るまいだ。

煽《おだ》て褒めるにしても、度が過ぎる。こちらは部屋住《へやずみ》あがりの身であるばかりか、持ち上げたところでなにも出ない男ではないか。

わけが分からないと不審顔の香四郎に、水無瀬はさらなる誤解を仕種に見せた。

「まことにもって無礼の段、いかようなるお叱りをも受けまする……」

水無瀬が平《ひ》れ伏した。供の女たちも、それに倣《なら》った。

返すことばを見つけられず、香四郎は唖然《あぜん》とするばかりだった。広敷用人の治大夫は大奥老女の見たこともない所作に、皺《しわ》いっぱいの目尻まで見開いて固まっていた。

「ご老女。この峰近が、なんであると申される」

「は、はい。かような場にて口にいたすこと、右近将監さまは心外と仰せでございましょうが、この水無瀬が聞き知っておることのみ申し上げます」

「申せ」

あえて威丈高《いたけだか》に出て、香四郎は将軍のように言い放った。

「これよりの物言い、わたくしめの口が申すのではなく、亡き御台所《みだいどころ》さまより洩れ伝わりし話と、お聞きねがいとう存じます……」

平れ伏したまま目だけ上げる水無瀬の口から、信じられないひと言が飛び出した。

「峰近さまの姓は主上《おかみ》より賜《たまわ》り、京都の東山三十六峰による命名と聞き及びましてございます」

「左様か」

泰然と言い返したつもりだが、香四郎は貫禄を作れたとは思えなかった。が、老女は頭を下げたまま、ことばを継いだ。

「かような言いようは穢《けが》らわしいと仰せでございましょうが、はっきりと申し上げることとお赦《ゆる》しねがいます。右近将監さまは、落《お》し胤《だね》であられましょう」

「――――」

絶句とは言い得て妙だと、はじめて気づかされた香四郎だった。アッともウゥッとも音にならないのであれば、まさしく絶句である。

――この俺が、貴人の落胤《らくいん》……。

確かにすぐ上の兄とは、ひと周り年が離れていた。貰《もら》い子と言われたなら、信じられないこともない。しかし、貴人が困窮しつづけた峰近家《みねちかけ》を、陰ながら助けないでいたとは考えられなかった。

となれば、大奥の誰かが流布《るふ》した大嘘だろう。先に江戸城へ入っている用人おかねが、言いふらしたにちがいあるまい。

嘘が知れて大丈夫かと思い、香四郎は知り得るすべてを申せと水無瀬に命じた。

「はい。御名を口にはなされませんでしたが、お父上さまは堂上人《どうじょうびと》でございますものの、ご母堂さまのご身分が……」

「水無瀬、その先は申すな。わが双親《ふたおや》の言うに言われぬ次第は、わたしも聞いておる……」

香四郎の役者ぶりも、なかなかとなっていた。涙を見せないよう面《おもて》を袖《そで》で隠し、ことばをふり絞ってみせたのである。

若い老女は同情の泣き顔で、すわり直すと丁寧な挨拶を改めてしてきた。

「こののち大奥中年寄の水無瀬、右近将監さまの手足となるべく精励いたしますゆえ、なんなりと心おきなくお言い付けを」

「そなたのみ頼りぞ、水無瀬」

立場は大きく入れ替わり、同席する用人の治大夫は香四郎を仰《あお》ぎ見ていた。

堂上人は禁裏《きんり》御所に昇殿できる公卿《くぎょう》で、その隠し子が新しい番頭となったのである。広敷用人にしてみれば、いきなり大名が上役《うわやく》になったも同然なのだ。

「大奥広敷に、目付役があらわれました。それも、公家に近い者……」

そう思い込んでいるにちがいなく、香四郎は笑いを堪《こら》えることに精いっぱいとなった。

噂は、風よりも速いものである。

奥女中との対面所《どころ》から戻った香四郎は、早くも側衆の殿席で一目も二目も置かれはじめた。

香四郎を含めて、旗本側衆は五人。二名は功なり名を遂げた五十すぎ、残る二名はさらなる出世を目論《もくろ》む四十男だった。

御側衆と敬称が付く役どころは、老中の支配下ながら、将軍の近侍《きんじ》筆頭として様々な仕事に関わっていた。

三日に一日は宿直《とのい》で、夜番を仰せつかる。本来は将軍への取次ぎ役だが、時代によっては老中と伍《ご》すほどの力を有すときもあった。

似た名の役職に御側御用取次《おそばごようとりつぎ》、さらには側用人がある。どちらも側衆同様に将軍側近だが、御用取次のほうは中奥の筆頭で側衆の上、側用人ともなれば将軍の伝奏役《でんそうやく》で大名がなり、どちらも宿直をせずに済んだ。

とはいえ将軍のおぼえがめでたければ、大名に取り立てられることもあった側衆なのである。

香四郎を含めた五人の側衆は、五十すぎの二人も含め、見えないところで鎬《しのぎ》を削ってゆかねばならぬ様相を見せていた。

互いに口をききあうこともなく、下役の使番や供侍《ともざむらい》と話すばかりで、各々《おのおの》が柱を背に自身の居どころを決めているようだった。

城中の殿席における上座は、将軍がいる御座所に近いところになる。香四郎の居どころが上座とされたことで、ご落胤の噂が早くも伝わったと知れた。

居づらかった。新参の側衆は、肩身を狭くせざるを得ない。御城勤めをしたことのない香四郎にとって、針の莚《むしろ》となろう。

が、ここは一つ役者となって、天一坊《てんいちぼう》を気取るかと、脇息《きょうそく》に両肘《りょうひじ》をのせた。

八代将軍吉宗の紀州時代の落し胤と、名乗り出た山伏《やまぶし》天一坊の再来をするのだ。

香四郎は小さく咳払いをし、脇息を手で子どもがするように揺すって口を開いた。

「みなさま方は、とうに上様の拝謁を賜られておられましょう。わたくしは旗本を継いだ折、遠見でのみ。と申しても、大勢の方々の肩越しでございました。さぞや立派な、神々《こうごう》しいお方でございましょうな」

「…………」

無反応に、香四郎は笑い返した。

「ははぁ。返答をいただけないとなりますと、立派でも神々しさも薄いと仰せですか」

「なにを仰せか、峰近どの。われらは言うまでもなきことゆえ、返答せぬでいたのだ」

「左様。上様は神々しくあらせられるばかりか、その威厳たるや誰もが平れ伏すほどでございますぞ」

四十男の二人は、新参者で年若の香四郎に、丁寧なことばを使った。

――おかね。企《たくら》みごとは、薬が効きすぎておるようだ。白日《はくじつ》の下《もと》に晒《さら》されたなら、われらは天一坊と同じ獄門ぞ……。

峰近家の女用人から江戸城大奥に戻り、老女となっているはずのおかねへ、話し掛けたかった。

とんでもない荒療治をするための第一歩が、無茶にすぎる堂上人の落し胤との大嘘である。笑うしかないと歯を見せた香四郎に、先任の側衆四人ともが目を伏せた。

大奥の老女へ与えた以上の効き目が、同僚の側衆にあらわれたのである。

が、安心するわけには行かない。側衆の筆頭役とおぼしき五十男が、上目づかいとなって口を開いた。

「右近将監どのは、やはり攘夷でございましょうな」

「――――」

問われた香四郎は、一瞬だが呆《ほう》けた顔となった。見せるわけには行かないと、こちらが顔を伏せる番となった。

「いかがされましてかな。将監どの」

「尊王の攘夷のと、上様のおられぬ場にて口に致してはなりません。ましてやこうだなどとは、申しかねます」

「しかし、将監どのは都の方々と近しいとやら」

筆頭役は手を緩めることなく、問い詰めてきた。

「みなさま方は、この峰近が都より送られた者とお考えのようですが、なんら後ろ盾《だて》はございませぬ。ましてや上様へ政《まつり》ごとに関わる上申など、口が裂けても致しかねます。それとも側衆五名にて、攘夷の開港のと言上なさるおつもりか」

「とんでもなきことを。われら側衆は、上様の台慮《たいりよ》をお歴々へ正しく伝えるのが御役《おやく》。新しく加わった貴殿を試すのも、決まりとなっておったわけで……」

他の三人に同意を求めるような言い方をしたことで、側衆たちの軽さが透けてきた。

それでも江戸城中における関心事が攘夷か否かであると、はっきり知れたのは有難かった。

初日から宿直役がまわってくるはずもなく、堂上人のご落胤はすれちがう役人どもに臆することなく下城した。

三

その晩、番町の邸《やしき》に帰って分かったことがある。

子どもの時分から馴れ親しんだものの総《すべ》てが、乳母の寛容さをもって香四郎を慈《いつくし》んでくれていたことを。

表門の木戸の取っ手にはじまり、玄関に至る踏み石、凹んだ式台、軋《きし》む床板、疵《きず》のある柱に、染《し》みの多い天井まで、どれもが若い主人を歓待しているのを感じた。

香四郎のほうで懐しいというのではなく、明らかに舞い戻った者へ無言の声掛けをしてくれているのだった。

「久しぶりのお邸《やしき》は、珍しいですか」

おいまに微笑《ほほえ》まれて、香四郎は我れに返った。

「よく分からぬが、わたしは家なるものに持て成《な》された気分が致す」

「まぁ。和歌詠《うたよ》みのような」

「和歌を作る者とは、そうした御仁《ごじん》か」

「うふふ、旦那さまを煽《おだ》てただけでございます。いつもの白日夢《はくじつむ》かも、しれませんね」

揶揄《からか》われたが、夢を見たのであっても嬉しい気になれたのは、香四郎の心境に変化が生まれたからと思いたかった。

いつも見る夢は大半が狼狽《うろた》えるものだったが、今はちがう。

「夢であったとしても、わたしは嬉しく思えた。きっと今宵《こよい》の閨房《ねや》は、家じゅうが寿《ことほ》いでくれるであろう」

「さようなお戯《たわむ》れ、お下品でございます」

眉を立て、わずかに顔をそむける様に色を見た香四郎は笑った。

男の多くは、デレデレとした媚《こび》をふってくる女を嫌う。妖艶《ようえん》な喜びを示しているつもりの女だろうが、男には鬱陶《うっとう》しいだけなのだ。

——それを知ってとは思えないのであれば、おいまは天性の男殺しか。

香四郎の笑い方が、ニヤリに変わった。

「おいま。御城で聞かれたのだが、わたしは落《おと》し胤《だね》であるそうな」

「——。父君はどちらの」

「はてさて、大名あるいは公卿《くぎょう》か。教えてはくれなんだ……」

江戸城の大奥老女となった者が言いふらした嘘であるとは、おいまは知らない様子を眉間《みけん》に見せた。

人を欺《あざむ》く要諦は、もっとも身近な者からと言われている。それに習ったのだ。

香四郎は居間の火鉢《ひばち》に片脚を掛け、おいまへ無言の促《うなが》しをした。

首を傾《かし》げた妻女だったが、すぐに小簞笥《こだんす》に取りつくと爪剪《つめき》りを手に、香四郎の足元にかしずいた。

夫の足袋《たび》を脱がすと、足の爪を剪りはじめた。

閨房に入るまでの前戯を求めたつもりだったが、思いもしない行為に出られた香四郎は、されるがままとなった。

おいまは膝に、香四郎の足を載せる。どこで習いおぼえたものか、左手の指を器用に使い、香四郎の足指を押えた。

武家の主人が女中に足の爪を剪らせるとは、耳にしていた。が、妻女がすると
は聞いていない。

はじめての感触に、ふしぎな愉悦を感じていた。くすぐったいとか、癒《いや》される
などという俗な快感ではなく、随喜《ずいき》に近いものだった。

――そういえば、肥後ずいきなる女陰《ほと》へ挿し込む玩具が……。

目をつむる香四郎のほうが、よほど俗である。とは思うものの、奇妙な悦楽が
頭のてっぺんに昇ってきた。

「旦那さま。動かれては、深爪をしてしまいます」

「痛っ」

足先に、わずかな痛みが走った。そのときである。

紅を刷《は》いた唇が、香四郎の足指をそっと含んでいた。

「よ、止《よ》さぬか。汚ないであろうに……」

言ってはみたが、女の口が頬張る足指は痺れ、立っていられなくなった。

「寝所《しんじょ》へ参るぞ、おいま」

がまんしきれないほどに怒張したものを宥《なだ》めねばと妻女をいざなうと、艶冶《えんや》と

した笑みをうかべて、おいまは夫君を見上げた。

「月の障《さわ》りが、はじまりましてございます」

「――――」

据《す》え膳をいきなり下げられた気分に、男の部分は空腹を思い出した。

それを知ってか、おいまは意地の悪いことに妖《あや》しげな目と口元を見せ、居間を出ていった。

「畜生《ちくしょう》っ。今夜は口で、奉仕させてやる」

若い夫は歯ぎしりをして、唸《うな》った。

われながら淫《いん》なる性質《たち》の男と恥じてはみたが、これぱかりは非道なおこないにならない限り、妻女の献身に縋《すが》るほかないのだ。

勝手な男である。これも法外な出世を手にしたゆえの傲慢《ごうまん》と、当人は気づいていなかった。

無理やりに、おいまの喉へ男の精を放ったあとは、借りてきた猫同様の恐縮を見せる香四郎となっていた。

「不味《まず》かったであろう」

呑み込まず吐いてよかったのにと労《いたわ》りを見せる夫に、妻女は小さく首をふった。

どうやら、まだ口の中に精が残っているようだ。

「手水《ちょうず》を、して参れ」

口に残るものを出してよいと言ったとたん、ゴクリと音をさせて呑んでしまった。

「す、済まぬ……」

夫のひと言で、妻女は顔を隠すように胸元へ飛び込んできた。

所帯をもつ男と女とのあいだに、どんな行為がなされているかなど、仲間内で話し合うものではなかろう。とりわけ武士と名がつけば、よほど下級な者同士でない限り口にしないことだった。

が、買った女との一部始終は、笑いながら微に入り細に入りしゃべるものではある。

香四郎が冷飯食《ひやめしく》いだった頃も、いろいろな話が耳に入った。

迸《ほとばし》ったものを呑ませるのは一興ぞと、威張ったのは三つ年長の部屋住《へやずみ》だった。

「なんと無体なことをするのぅ、おぬし」

「岡場所の安女郎なれば、わずかな心づけでなんでも致す。咬まれることは一度としてない」

酒の席となると、話は膨らんだ。どこまで本当か分からなくなるほど、大きくなっていた。

下戸《げこ》の香四郎だけが、話を鵜呑みにしたのである。

——妻帯できたなれば、思いのままか……。

しかし、香四郎のもとへ来たのは、公家の姫君だった。それが今、安女郎と同じ扱いをさせたのだ。

落し胤と知ったことによって、おいまはされるがままに従ったにちがいなかった。

いずれ嘘は露呈し、おいまは口も利かなくなろう。ご落胤《らくいん》と偽《いつわ》ったことの報いは、公私とも大きいと溜息《ためいき》をついた。

「まだご満足をいただけないと仰《おお》せなら、今一度……」

身を沈めようとする妻女を、香四郎は引き上げた。

「もう十二分に足りておる。そなたは、花魁《おいらん》ではなかろう」

「廓《くるわ》の花魁は、いかようにも応じるのでございますか」

「ちがうな。位の高い女ほど、言いなりにはならぬ」

「なれば」

おいまは言ったなり、香四郎の首に腕を巻きつけ、顔を寄せてきた。

唇が合わさり、喉が鳴った。

「ぐ、ぐぶっ。げへ——」

香四郎は苦しい以上の、気持ちわるさをおぼえた。

呑み込んだはずのものが、香四郎の口の中へ戻された。が、離してくれない。

自分の出したものを、味わってみろということだったのだ。

ドロリと気味がわるいばかりか、不味い上に、鼻の中へ上ってくる臭《にお》いは譬《たと》えようのない不快をもたらせてきた。

「お呑みください」

公家の胤になる女が、えせ胤の男に負けるわけなどなかったのである。

「わたくし、半分を呑みました。美味《おい》しゅうございましてよ」

嫌味たっぷりに命じられ、香四郎はおのれの身から放たれたものを、息を詰めて喉へ押し込んだ。

「さすが、お旗本でございます。それでこそ男、大奥の方々も一目置いてくださるでありましょう」

「………」

吐き出したい気持ちを堪《こら》えながら、香四郎は妻女を抱きしめた。

今夜の月は、笑っているにちがいない。

香四郎は月の障りまでもたらせた天空の常夜燈《じょうやとう》を、恨めしく思った。


初の宿直《とのい》を命じられたのは、十五日目のこと。

意外だったのは、将軍の拝謁を賜《たまわ》っていない香四郎に、その朝御目見得《おめみえ》の栄誉にあずかれと言われたことである。

それも香四郎ひとりで、御座所《ござしょ》へと命じられたのにはおどろいた。

同輩の側衆たちにも意外なのか、身仕度をした香四郎を見上げるばかりだった。

小姓二名に導かれるまま向かった先は、新座敷と呼ばれる小さな中庭に面した客殿である。

この中央に待つこと四半刻《しはんとき》あまり、音が立ったので頭を下げると、でっぷりとした五十男があらわれた。

「上様。わたくし――」

「ちがう。本丸留守居の、榊原備前《さかきばらびぜん》にござる」

留守居はかたちばかりの役職となっていたが、旗本の中では最高位の一つとされ、ほとんどは隠居まぢかの大身《たいしん》旗本で、双六《すごろく》でいう上がりとされた。

でっぷりとした大兵《だいひょう》で、赤ら顔を見せる備前守だが、赤らんだ顔は好々爺《こうこうや》を見せていた。

「存じおろうが、江戸城留守居役は側衆の束ねを兼ね、大奥総取締方でもある。本日そなたの拝謁は、大奥における様々な仕来《しきた》りを見直すための挨拶と考えよ」

「はっ」

「前もって申しおくが、上様は口数少なく、ときに人見知りをなされるお方。なにごとも、ご無理ごもっとも。よいな」

「承知いたしました」

小姓たちが威儀を正し、すわり直した。将軍家慶のご出座《しゅつざ》である。香四郎は両手をつき、背を平らに胸を下げた。

頭を下げるのではなく、胸を膝に近づけるのだと教えてくれたのは、亡き長兄である。

一段高い上段之間に、その影は映った。

小柄で痩せて見えるものの、なんともいい難い気配を撒きちらしていた。

「そうせい様」

家慶をよく知る者は、陰でこう囁《ささや》いている。

近臣たちの上申を、このひと言でなんでも認めてしまうとの噂からだった。

「これに控えしは、側衆並びに御台様広敷番頭を拝命いたした峰近右近将監にございます」

備前守が音吐《おんと》朗々《ろうろう》たる声で、香四郎を紹介した。

「うむ。峰近、面《おもて》を上げい」

将軍の声とは思えなかったのは、嗄《しわが》れている上に高い調子だったからである。

香四郎は静かに、目から上げていった。

五十半ばの家慶は、額の突き出た小顔で皺《しわ》が目につくほど深く刻まれていた。

とはいえ、まったく暗愚を感じさせなかった。

それ以上に、高邁《こうまい》なところが少しもないのにおどろいた。

細い目は観察にすぐれ、小ぶりな唇からは余計なことは言うまいとの配慮が見てとれた。

町人であればなどと譬えるものではないが、大店《おおだな》の主人であったら身代《しんだい》のほとんどを積善《せきぜん》に費やしてしまう男だろう。

いうところの人徳は、争いを好まないものである。

女を見る目が駄目な香四郎だが、男を見る目はあるとの自負があった。

毅然と見上げる香四郎に、家慶は口元をわずかにほころばせた。まずは、及第したようである。

「峰近、大奥は厄介であろうな」

「なんの。上様の御意《ぎょい》に添うべく、精進いたしまする」

「嬉しく思う。阿部伊勢の及ばぬところまで、清めてほしい。頼みおく」

嗄れた声が、備前守や小姓らの目を瞠《みは》らせたのは、そうせい様が珍しく意味のあることばを放ったことにあるようだ。

大奥は厄介と言い、阿部の名を出した上、清めてくれと命じたのである。

やがて家慶はゆっくりと立ち上がり、部屋をあとにした。

「もう、よかろう」

留守居役の備前守は、ほっとした溜息をついて、香四郎と向きあった。

「近年になく、上様のお体は戻りつつあるようだ。そなたは、大奥専従とされたな」

「前任の方より、引き継がねばなりません」

「おらぬよ。大奥の目付役など」

「えっ。わたくしが初代……」

「初代もなにも、誰一人として手の付けられなんだところが大奥。前代未聞の大役を、仰せつかったのだ」

大役の意味するところは分かっていたが、女ばかりの伏魔殿《ふくまでん》の恐ろしさは尋常ではないぞと、備前守は顔をそむけて見せた。

「この出銭《でぜに》はいかにと物申した勘定奉行は、三日の内に罷免《ひめん》されてしまった。納めた品の掛取りの催促を二度つづけると、その大店は出入り無用となる」

取締るはずの留守居役は、あってなきがごとく。それでも榊原備前守は、先代家斉《いえなり》公の頃に比べて三分の一ほどの出銭を押えてはいるがと、嘆いた。

「はっきり申すが、峰近は捨て札となる覚悟でいてほしい。わしも上役《うわやく》として罷免されるが、そなたは矢面《やおもて》に立つことで唾を吐きかけられるものと思え」

香四郎は半月前の晩、おのれの放った精を呑まされたのを思い出した。

どちらも嬉しくはない。

「この峰近右近将監、あらゆる責めを一身に受け、粛清《しゆくせい》に励む所存にございます」

「峰近。粛清なることばは、まちがっても口にするでない」

「心得ましてございます」

深々と会釈をした香四郎は、その足で広敷に出向くことにした。鉄は熱い内に打ての諺《ことわざ》どおり、一刻でも早く手をつけなければならないと考えてのことだった。

四

ご落胤《らくいん》は嘘だが、将軍家慶と対面でことばを交したのは真実《まこと》。これが自信をもたらせ、香四郎を大人にした。

広敷門には、今日も御用商人どもが満面の笑みを作って出入りをくり返している。

よくまぁ嬉しくもないのにと、香四郎は商人連中の様を芝居のように眺めた。

午《ひる》まえ、春の雨となった。

地面に黒い染みが落ちはじめると、みな軒下《のきした》に入った。雨足が激しさを増し、外に出ているのは門番ばかり。

そこへ香四郎ひとり、濡れながらあらわれた。ところが、誰も広敷番頭とは思わなかったのは無理もなかろう。供もつれず二千五百石の旗本が、傘もささずに出張《でば》るはずなどないからだ。

雨がしぶきとなって舞うと、すべてが白っぽくなって見えはじめた。正装として着けた肩衣《かたぎぬ》が雨で折れ、だらしなく両腕のほうに垂れ下がってきた。

が、出入り商人たちで、香四郎を見ている者はいなかった。

町人の目は、奥女中らから離れない。

といっても中臈と呼ぶ将軍の手が付きそうな女は、ここへ出て来ることはなかった。御末《おすえ》とか御犬子供《おいぬこども》という名の、下女端下《げじょはした》どもだ。

男の好奇の目をそそるのは、その美貌ゆえだろう。町なかにあれば小町娘あるいは看板娘となって、嫁入り先は引く手あまたとなる連中だった。

出入り商人をよく見ると、番頭や手代に混じって、若主人らしいのが幾人もいた。

あの娘を迎えられたならの欲顔が滑稽なまでうかがえ、香四郎は広敷が品評の場になっていることを知った。

考えるまでもなかろう。市中で目ぼしい小町娘は、大奥に取られてしまっている。それに加えて、行儀作法を仕込まれているのだ。

「美しい上に、品格が備わっている」

誰もが信じて疑わない評価だが、娘どもの多くは高慢をあごに見せてしまうものと、香四郎は妻女から聞いていた。

ことば遣いにも、それは出てしまう。はからずも、おいまが口にしたひと言があった。

「若年寄の、糞《くそ》野郎」

大奥の部屋で、無粋《ぶすい》きわまりない若年寄をこう呼んでいたというのだ。

そうした話を部屋の片隅で耳にする御末女中が、嫁ぎ先で従順になるわけはなかろう。

世間がいう行儀見習とは、目上の者に対するときの作法を身につけるだけで、大奥で覚え込むのは人を人とも見ない癖だった。しかし――

「千代田の御城に勤めていた嫁でしたが、駄目ですな。お客さまに愛想ひとつ振りまけません」

とは、ならない。

口に出せば徳川将軍家への不敬とされ、大店であっても幕府役人が所払いにしてしまうと言われていた。

幕府の威厳を瑕《きず》つけること、まかりならぬのである。

御城の大奥にいた娘を下げ渡された商家は、泣き寝入りを見ているにちがいなかった。

そうとも知らず、大奥出入り御用の面々は好奇の目で、端下女中を眺めた。

「良妻賢母となれる女は、ほんのひと握りぞ」

香四郎は口元をほころばせながら、ことばにした。

「右近将監さま」

ようやく気づいたのは、誰あろう加太屋《かぶとや》の誠兵衛《せいべえ》だった。

「誠兵衛。出入り御用の看板を、もう得たのか」

「はい。御客会釈《おきゃくあしらい》の鼓野《つづみの》さまの引きで、このように」

懐《ふところ》から取り出した木札は、千代田奥向《おくむき》御用の焼印が、葵紋とともに捺《お》されていた。

「鼓野とは、おかねのことか」

「左様にございます。こちらでは御城へ奉公に上がるたび、名をいただくそうで」

また御客会釈とは将軍接待役で、本来は御年寄と呼ばれる奥女中における最高位の者が隠居したあとに就くとされていた。

おかねが重用されていると分かり、香四郎は安堵した。

「ところで加太屋、ここでなにを商うのだ」

「野暮な話は、お邸《やしき》へ戻ってから。それよりも濡れたお体をなんとかせねば、風邪を召します」

屋根のある腰掛に引き込まれた香四郎は、下帯ひとつの裸となった。

「こらこら、かようなところで裸を見せるとは――」

門番が駈け寄って、手にしていた六尺棒を地面に打ちつけたが、侍それも礼装を着ていたと知り、あわてて膝をついた。

「おい。用人の畑山へ、着替えを持ってこいと申して参れ」

「広敷の、ご用人さまにでございますか」

香四郎の顔は、まだ周知されていなかった。というより、下役とは身なりでしか人を見ないのである。

二千五百石の広敷番頭が、供侍《ともざむらい》や茶坊主を伴わずにあらわれることなどあり得ない証左《しょうさ》だった。

着替えた香四郎は、老女三名を前に上座にすわっている。

すぐに顔合わせとなっていた。

先日の水無瀬とは別の女たちで、おいまが言うところの、都《みやこ》派、法華《ほっけ》派、九重《ここのえ》派それぞれの中﨟だった。

それぞれ園川《そのかわ》、岩尾《いわお》、歌島《うたしま》と名乗り、ご落胤の香四郎に頭を下げた。

顔を上げた三名を見て、香四郎はクラッと軽い眩暈《めまい》をおこしそうになった。

まさに内裏雛《だいりびな》の三人官女そのままで、今にも匂い立ちそうな艶《あで》やかさに包まれていたからだ。

三名とも、二十六か七。吉原の最高位とされる花魁とは、まったく異なる姫御前を見せていた。

——煙管《きせる》は似合わなかろう。片膝立ては様になりそうだが、上様よりほかの男の言うことなど聞くとは思えぬ女……。

とりあえずの、香四郎なりの評価をした。

神なるものがこしらえたとしか思えない端正な顔だちは、活人《いき》形そのままだった。しかし、生涯を未通女《おとめ》として送るのである。

病弱とは言えないが、将軍家慶はもう大奥を訪れなくなっているという。

――もったいないとは、これだ。

将軍の代替りまで、中﨟となった女は動くことも許されなかった。

先日の水無瀬がお手付となるのを諦めさせたほどの女が、ここにいた。

妻女おいまとちがって見えるのは、化粧だろうか。しかし、よく見れば紅も白粉も厚く塗ってはいなかった。

香四郎は三人が振りまく香《こう》の薫《かお》りに酔いそうになって、思わず片手を畳についた。

「右近さま。いえ、右近将監さまと申さねばなりませぬ」

園川の発したことばは、薄い唇から洩れる吐息そのもので、夢心地にさせられた。

――白昼の夢であろうか……。

外から鶯《うぐいす》の啼くのが聞こえ、我れに返った。

「雨は、止《や》んだようにございます」

岩尾が目を閉じて、耳にしたことを口の端《は》にのせた。一点の非もない顔かたち同様の、声柄だった。

「こうして御広敷に参りますだけで、如月《きさらぎ》を感じまする」

歌島は大奥の中にいると、四季も分かりかねますとつぶやいた。

おいまに似た容姿だが、とても糞野郎などのことばを吐くとは思えない。体つきも同じだろうかと、香四郎は見入ってしまった。

みな地味な色柄の打掛《うちかけ》を羽織ってはいるが、それが却って美しさを引き立てた。着物はと見る。藍鼠《あいねず》の小紋の園川、朱鷺色《ときいろ》をところどころに配した友禅の岩尾、裾《すそ》模様だけ真紅の白羽二重《しろはぶたえ》は歌島。

香四郎は、どんな襦袢《じゆばん》が三名の下にあるかと想ってしまった。

男に見られることのない腰巻もまた、媚《なまめ》かしいに決まっていよう。締め上げた扱帯《しごき》が乳の下にまとわりつき、汗を見ているのではないか……。

下卑《げび》た妄想が、香四郎の身内を駈け巡っていた。息苦しいほどに、かき乱されたのである。

少し年上の姉さま人形を、囲いたくなった。

雪のような肌を火照《ほて》らせたならと、叶わない夢を描きそうになって、香四郎は身を立て直した。

「お三方には、月一度十五日に来ていただきとうござる」

ようやく口にできたが、すぐ月三度にすればよかったと悔んだ。

三人がうなずくのを見て、香四郎は立ち上がった。膝の裏に、汗をおぼえた。

それほど動顚《どうてん》していたわけである。

先に部屋を出たとき、とんでもない役どころに立たされたことを痛感した。

貴人のご落胤であるがゆえの、女たちの登場だったことに。

前任の番頭は、大年増《おおどしま》の水無瀬と顔を合わせるのが精いっぱいだった。ところが香四郎は、将軍お手付となれるはずの天下一の美女と、対峙しなくてはならなくなっていた。

大奥御金蔵の検分から、出入り商人の監察、老女たちの蓄えたものの洗い出しまで、色香に惑わされそうな番頭には重すぎる役割ではないか。

それも煮ても焼いても食えない、ひと筋縄では行かない女たちなのである。

玄関を出た香四郎は、笑い掛けている誠兵衛と目が合った。

「いかがでした。並の敵ではございませんでしょう。大変ですな」

加太屋誠兵衛が、この世の閻魔《えんま》に見えた。

その前を、御用商人の引く大八車が横切った。

コスミック・時代文庫

江戸《えど》っ子《こ》出世侍《しゅつせざむらい》
将軍御側衆

2022年10月25日　初版発行

【著 者】
早瀬詠一郎《はやせえいいちろう》

【発行者】
相澤　晃

【発 行】
株式会社コスミック出版
〒154-0002 東京都世田谷区下馬 6-15-4
代表　TEL.03(5432)7081
営業　TEL.03(5432)7084
FAX.03(5432)7088
編集　TEL.03(5432)7086
FAX.03(5432)7090

【ホームページ】
http://www.cosmicpub.com/

【振替口座】
00110-8-611382

【印刷／製本】
中央精版印刷株式会社

ISBN978-4-7747-6419-1 C0193

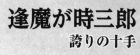

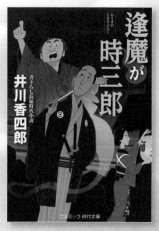

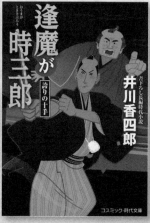